月天清 著

青春祭

上海三联书店

目　录

自 序

　　有一天清晨，在我所处的城市，我看到成群结队的年轻人，浩浩荡荡，骑着自行车或电动车上班。像一股巨大而炙热的洪流。我感动了。突然觉得自己有责任为这群当下的青年，包括我，树碑立传。而每当我乘坐地铁，看到一车厢的同龄人，这种想法便更加坚定。

　　我们身处的时代，有股强大的号召力。号召所有的年轻人背井离乡，向恢宏的城市聚集。哪怕容身之所只是地下室阴暗的一角，依然无阻他们寻梦的脚步。

　　他们是都市的房客。他们是摩天大楼、妖冶霓虹背景下的微小生物，像昆虫一般的孱弱。他们是庞大的社会机器运转下的原子，很难和栋梁的概念匹配。他们又被暴沸的荷尔蒙催动着，发生激烈的欲望纠葛。

如果你没有注意，他们就像一阵没有形状的风吹过。时代潮流会迅速将他们淹没。

所以我想深入他们的内心，聚焦他们的运动轨迹、情感生态。

文字是世界的碎片。我相信，附生在现实世界里的文字，才更有生命力。这本小说集里每个故事的起念，有的是听闻，有的是在街道上随手捡到，有的直接是我自己、朋友、身边人的经历。

所以我想说我正在做的是，制作标本。文字标本。

每个作者都像养育孩子一样，精心地拼接他所相中的世界的段落。也许我的做工算不上精美，语言秩序甚至也很凌乱。但我希望用自己的语法，描摹我相中的世界。

其实，青春是很矫情的一个词。它不过是幼稚和冲动的一段年岁，并为这些行为付出代价。其他的意义，没有。

然后，我要感谢催促我码字的朋友，感谢每一个馈赠我想法的看得见或看不见的过客，感谢每一位亲爱的读者。

2014 年 1 月

地铁恋人

只是因为在人群中多看了你一眼，再也没能忘掉你容颜。

梦想着偶然能有一天再相见，从此我开始孤单思念。

——传　奇

是谁说过，地铁是时代的一截脉搏。

像一个会被阳光灼化的影子，我迅速地遁入了地铁站。这是二号线的江苏路站。我将要穿过上海最引以为傲的标志性建筑，去公司上班。比如南京路，东方明珠，世纪大道。浓艳的色彩会从摩天大楼的根基渗到我的头顶。

我一直在寻找一种目光,女孩的目光。锐利而清冷的,直接刺透我的皮肤。

隧道的风粗暴地糊在我的脸上。黏黏的、暖暖的,裹挟着稠密的故事碎片。两束浑浊的光迤逦而来。列车的门准确地停在我的方位。

一切都是那么熟悉。车身软绵绵地摇摆。呼啸而过的风声。总是生着小气的小胖墩。一遍遍当红明星杨幂的神奇的广告。还有对着玻璃细细整理头发的窈窕女孩。

而我再也看不到她的眼神,牵不到她的手,闻不到她的香。凌,消失了。

我看到车窗中自己的倒影,冷冰冰地打量着我。仿佛它才是真正的我。而我只是一个被偷走了灵魂的躯壳。

灯光柔和地打在人们身上,像一层油油的粉末。车厢中还漂浮着疲惫的残梦。不少人靠着椅子补觉。清晨的骚动在地铁中绝缘。阳光无法照射。这是一段和外界浑然不同的时空。是现代都市晦暗的动脉血管,高速穿行着维持城市繁荣的营养物质,当然也有废物。

到了目的站,顺着熙攘的人流缓缓前移。一种渺小而厚实的平凡感攫住了我。个体在人群中的自我属性会突然消失,变成相差无几的原子。

走出地铁，阳光把我包围。这是被 PM2.5 污染了的阳光，使我过敏。鳞次栉比的建筑侵占了我的视野，城市的空气有一种旷冷的重金属的腥味。我找不到纯净的天空。我小跑着向我的公司而去。

我的工作很清闲，让我有充足的时间胡思乱想。像一场旋转在刀刃上的华丽而凌乱的舞蹈。这个时候，时间是种液体。我可以漂流到生命的任何一个节点。比如北京的那个绚烂的盛夏。比如凌清冷而放肆的目光。比如凌消失的那个夜晚。

而每每涉及凌的段落，记忆都会卡带。快乐和疼痛是一条条褶皱，无法消弭，越来越深。

我永远不会忘记故事的开场。盛夏的北京，地铁一号线，蠕动的人群。凌的目光像一支激射而来的丘比特之箭。她坐在角落的椅子上，毫无预兆的，那样放肆地盯着我。雪白的面庞，蓝色碎花连衣裙子，纤细的脚踝，和悠悠晃动的水晶凉鞋。一幅精致而令人愉悦的场景。

地铁停靠时，人流冲散了她的目光。北京的一号线和上海的二号线一样，主线但异常拥挤。有时让人觉得，穿小一码的鞋是一种幸福。

我感到侧脸有一丝冰凉，像刺入了一根冰尖。一回头,就看到凌的脸。纯净而孤傲的眼神,一眨不眨地凝注着我。像某种寓意。米兰·昆德拉说,这是顺着命运之水漂来的女人。她注定是你生命中的不可承受之轻。

倩打断了我的遐想。她在我的桌上放上一杯水。我不喜欢被打扰。但倩让人无法讨厌。她的脸上总带着甜美的笑,像一朵明艳的牡丹花。她递给我一张电影票,说周末有空吗,刚好有两张票。我婉转地拒绝了她。她还是馨香地笑着,自己找了个台阶走开了。

我明白倩的心意。她是一抹温暖的阳光,而我是生长在阴暗潮湿里的苔藓。她不是我的菜,她的气质和我不对口。我需要狂风暴雨,凌就是。她们是世界的两极。人总是爬向适合自己生存的方向。

下班后我对倩说了声谢谢。关于那杯水。倩的神情有一点落寞。千万不要爱上一个人,那样就给了她伤害你的权利。也千万不要被别人爱上,这样你总会有意无意地伤害她。

经历的人多了,去过的地方多了,都会比较。比如上海满街洋溢的是情调,北京随处可见的是雅趣。东方明珠塔妖冶的摄魂般的灯光,故宫檐牙高啄上乌鸦的啁啾。淮海路上穿着猩红高跟鞋的时尚老太,什刹海边提着鸟笼哼着京曲的逍遥老头儿。

北京上海，字面上流出的华丽感，就令多少人心往。它们是最大的青春集散地。然而你会发现，你可以踏在它们的肢体上，但无法逼近它们的内核。你和它们的关系一直是最熟悉的陌生人。无数的梦想附着在这两块土壤上艰难地生长。

走下地铁站，像踏进一个温柔的阴谋。你不知道站台离地表有多少米。但一定比陵墓深。代谢一天的城市排泄物在头顶流动、沉积。地下的灯光浑浊甚至诡异，瞳孔里的视像不是那么真实。形而上、形而下的意义像浓密的气泡一样碰撞飘动。思维会一下子变得很黏滞。

列车驶来时，狂舞的风抓扯我的头发。时间突然变成一种气体，流转在我的左右。场景变成慢镜头。所有人离得那么近，却又那么远。仿佛人们都随身携带着一个结界，把自己保护在安全范围之内。进入地铁的人会失掉某些在地表的特征。

对面的列车关上门时，我用手机拍了一张照。拉着行囊的农民工，双手挂着包包的女孩，同样苍茫的表情，和拥挤的背景，定格在一闪而逝的瞬间。这样微小的细节令我感动和充实。哲学家靠这些生活残片提炼人生真谛。而我用来做成回忆的原料。

每个人都在看手机。它像一个黑洞,贪婪地吸噬着新新人类的注意力。我们的一部分生命已经植根在虚拟网络中。我把刚才的照片发到微博。

走进车厢,我习惯性地寻找我要的目光。没有。人们的脸上挂着疲惫和饥饿。十有七八是漂泊在异乡的年轻人。一车的青春,一车的梦想。没有人知道,若干年后,他们会在哪里。也许成为这座超级都市的新移民,也许整理好苍老了的年华默默还乡。而我,更像一朵风中的蒲公英,不知何处是归处。

车子缓缓开动,我看到站台上一对相拥的情侣,在速度中温馨地静止。像一个唯美的梦。美梦总是容易破灭,像我那地铁中的恋人。

那天我在五棵松下车。直到列车飞驰而去,那种清冷的目光才慢慢消失。这是个凛冽而古怪的女孩。眼前的人群在晃动,画面像打了马赛克,惟余心间一点冰糖似的甜。接下来的几天我没有看到她。生活总有些令人难忘的美妙的插曲,我想。

直到再次看到她。一种温柔的悸动袭击了我。我愣在台阶的半腰上。人群像流动的黑影,凌的面颊愈加明晰。她还坐在角落的椅子上，带着点调皮和戏谑般的笑，安详地看着我。她换了一身雪白的百褶裙，像一只白狐。地铁是我真实的聊斋。

王家卫的电影有一种黑色的魔力。他善于捕捉最唯美的细节，以最精致的视角刻画人物心理的全貌。有时一句话像一把尖锐的匕首，准确地插到观者心灵的最深处。比如，世间所有的相遇，都是久别重逢。

久别重逢。我想我和凌上辈子一定有什么纠葛，不然她不会毫无理由地降落到我的时空。

她在车厢头，我在车厢尾。北京的盛夏，地铁里弥漫着人类所能制造的所有气味。而我嗅到一股冰雪的冷香。从凌的方位，以最短距离流入我的鼻息。我能感到她的目光，穿越人群阻隔，缠绕在我的四周。

当我在闸机刷卡出站时，意外地发现凌就在旁边。她的气息瞬间冷冻了我的思维。我想问声好却没有说出口。像暌违多年的老朋友，我们沉默地并行在一段窄窄的地道。然后拐上不同方向的楼梯。像一个轻而美的梦断成两截。

我回头看时，地平线已遮住了视线。我在地面上寻找凌的身影，可她像一只神秘的狐消失了。夕阳像只慈爱的大手抚摸着大地。车水马龙的街道永远是一出单调的默剧。远处的霓虹露出妖冶的腰肢。这个世界的秩序如一面坚硬的玻璃屏蔽了我的惆怅。

以后的日子,上班的目的就是下班。五点整的秒针立正时,我像一只患了焦虑症的狼一样,穿过同事们诧异的目光,向地铁跑去。我的安全感安放在地下角落的一张椅子上。四目相接时,我把快乐和柔情打个死结。我开始大胆地盯着她,贪婪地盯着她。无须话语,我聆听着她的心声。有时她的眼中会俏皮地冒出一个问号,我用微笑为她释疑。

有时我希望地铁是穿行在地下的梦,永远在黑暗中延伸,忘记起点,没有终点。可是当女播音员温甜的声音响起,提醒到达江苏路站时,我的梦就被粗暴地捻灭了。我要被推回冰冷孤单的现实里。没有凌没有爱的世界里。

一天上班时,倩发来一封邮件。她问我下班后可不可以去公司对面的咖啡厅坐坐。我犹豫了一下,答应了。我应该向她说明,我的感情已没有余地。喜欢一个人不应该是一种罪过。而我更不想做一个施暴者。何况我实在没有资本向别人承诺一个明天,尤其是像倩这样优秀的女孩。

咖啡厅的灯光很昏暗,弥漫着一股幽柔的香气。四周散落着温馨的喁喁私语。看得出来,倩补了一个精致的妆。她优雅地把额前的长发撩到耳后。城市正是因为有了倩这样的女性而变得时尚和美丽。她们是跳动在水泥森林里的精灵尤物。

你总是在逃避我,我有那么可怕吗?倩的问题有些突兀。她的脸上带着明媚的笑。和咖啡厅的格调有十分之一的违和。

为什么这样说?服务生把咖啡放在我们面前,氤氲的热气打湿了倩的睫毛。而我躲在热气之后,抓紧地寻找台词。一种解脱又不伤害任何人的理由。

是我哪一点不好惹人讨厌吗?倩说。

不,不是。倩突如其来的犀利令我无法接招。她一向不是这样直接的人。我说我们是两种人,或许我们看到的生活的颜色是截然相反的。

你知道你为什么吸引我吗?倩说。她的眼波变得柔软而朦胧。像一潭泛着涟漪的湖水。这是女人爱上一个人的准确信号。危险信号。

我摇摇头。我实在不知道自己有什么过人之处。除了满身的回忆和颓废我一无所有。

因为你身上没有世俗的烟尘味。你的特质里有某种漩涡，让人捉摸不透。而我试着在边缘窥测时，却猝不及防地喜欢上了你。情感是种很奇妙的东西。你知道，我越搞不懂你，在漩涡里陷得就越深。我想你一定是个有故事的人。你的故事让你的声息有种蓝色的伤感。

倩的眼眶聚集了一层薄薄的泪水。她的笑容像黏性很好的标签一样日不落地挂在脸上。沉默在我们周围迅速长大。凌的面容开始在我眼前闪闪烁烁。我有种想逃跑的冲动，如果我的面前不是坐着一个女孩兼同事的话。

倩很聪明，她说对了。那个故事会像结石一样深深嵌在我的肉里，然后像慢性毒药一样腐蚀我的魂魄。它是我和现实开始疏离的隔阂。它把我的乐观和信任没收并重重地贴上封条。

如果没有别的事，我们再见吧。我打起退堂鼓，我需要到室外大吸一口气。

你还没有回答我。倩说。

我有些烦躁。我把杯子里的咖啡一饮而尽。我说我没有你说的那种魅力。我是个太普通的人了。你很优秀，很漂亮，我根本够不上你的层次。好了，就这么多。

呵呵，这就是传说中的拒绝公式吗？倩的笑容有一丝酸楚。你是不是从来都不想正眼看我一眼?

我想的只有和你上床,好吗?我的理智破碎了,迫切想结束这场谈话的躁动让我说起了胡话。

倩甩给我一个巴掌,转身离去。我的口中又干又苦,我喝光了倩剩下的咖啡。我没有看到倩的表情。我想我还是伤害了她。我对着她的空位说了三声对不起。

闭上眼睛,回忆像漫天飞舞的雪花。

我缓缓地走向凌。她的眼睛里没有防备,也没有欣喜,清凉而纯净的,像两颗宝石。我小心地坐在她旁边的椅子上。生怕她会像一只受了惊的小动物倏的逃走一般。她当然没有。我向她点了点头,她给我一个微笑。从未有过一句语言,我们却已在内心过招千万遍。所有恶俗的发展桥段都省略。凌是我地铁中邂逅的美丽恋人。

第一次抓住凌的手,像捧起一朵南极的雪。我问她你是从天庭的哪一处降落的,直接落在我的手心里?她却故作阴森地说我是从坟墓中钻出的狐妖。

这时地铁停在公主坟站。我笑着说你在离地心最近的位置给我讲聊斋故事。凌调皮地在我耳边说,这是真的。

有时我怀疑这的确是真的。凌没有打诳语,蒲松龄也早就写下了结局。他的志异里满满的都是眼泪。

也许这是地底下发生的故事,所以朦胧甚至虚幻。但是我确信我爱凌。爱情是真实无疑的。

后来才发现,爱上一个人就是爱上了一套标准。她的音容她的气味她的细节是这套标准甜蜜的框。而倩是无法装进凌的框里的。

此刻夜幕轻柔。艳妆打扮的女人像刚从洞穴里钻出来的妖精,引燃着雄性动物们的荷尔蒙。颓靡的故事开始集中上演。而于我,仍然像一个人站在屏幕前,看一出荒诞的默剧。

我起身回家。在前台付账时,服务生告诉我已经付过了。他还说那位姑娘一直在门前看着我,刚刚才离开。我的眼眶突然和心一样潮湿。温暖的,感动的。

我向地铁口走去,隐约觉得有一个身影跟着我。一转身,就捕捉到一个恍恍惚惚的眼神,和一串高跟鞋匆忙远离的哒哒声。是倩吗?

我总想找个机会向倩道个歉。可是她总躲避着我。她的脸上依然盛开着笑容,而目光却不再沾染我。

公司开会的时候,她碰巧坐在我对面。她抬起头时,我笑着向她点了点头。而她却视若无睹。她的视线在到达我鼻尖前又折回了。她不停地在纸上记东西，尽管经理并没有说什么。后来我发现她好像在画一只猪。

散会后，我在等倩先出去。而她和我一样坐着，直到剩下我们两个人。会议室突然爬满了一种奇怪的调调。然后我们同时站起来，又同时坐下。倩笑了，我也笑了。我说对不起，那天不是有意的。

倩的表情凝固了。嘴一嘟，眼泪开始往下掉。爱笑的人一定也是爱哭的。她把那张纸扔在我面前，起身离开。她确实画了一只猪。而且还署着一行字：猪，我是那样喜欢你。

倩让我的天空有一丝转晴，但无法拭去故事的悲剧色彩。我有了一种谈恋爱的感觉，尽管非常微弱。顺其自然吧。我不再刻意地排斥倩。倩明媚而温暖的气质令人很舒服。

有时一个故事，虽然发生在我们身上，但我们是无法干预的。就像一个剧本，脱离了人物本身，在恣肆地演绎。

周末无事的时候，我习惯性地坐在地铁上，游走在城市晦暗的脉络里。我的所有细胞都会集中精力，搜索那缕冰冷的目光。我对地下铁道的一切都太过熟悉，以至于对轻生者的哀号和鲜血也麻木了。大家都那么忙，谁会在意一个陌生人的行为艺术?

而当你认真地观察窗外时,你会发现乘坐地铁也是一种冒险。地铁穿过的狭窄的隧道,负荷着城市的重量。你会觉得你是一只真正的昆虫,幽禁在城市的地下毛孔中。如果司机关掉车厢的灯,将是个绝妙的恶作剧。

还记得我和凌疯狂地在地铁里坐了一天,绕遍了大半个北京。凌的长发拂在我的脸颊,一种兰花的芬芳渗入我的血液。她靠在我的肩头轻轻地眠熟。我悄悄地欣赏她浓密的弯弯的睫毛。我在她的额头小心地一吻。她是我生命中至爱的宝贝。而如今,回忆依旧,凌却消失了。我的眼眶一阵滚烫。曾几何时,眼泪变成一种很随意的东西。如果愿意,我可以一直流下去。

我的面前出现一张纸巾。是倩。我接过来擦干了眼睛。她抱住我的右臂靠在我的肩头。告诉我你的故事。倩说。

我们在江苏路站走出地铁,向我的寓所走去。倩说她是碰巧遇到我的。这完全不重要。在我讲出故事的第一个字时,我需要宣泄一下眼泪。需要甩干葱汁般的委屈。倩柔软的胸怀被濡湿了。她像安慰一个婴儿一样抚摸我的头发。我在黑暗的孤岛上迷失太久了,我太需要同类的温存了。

我把自己和凌的相遇告诉了倩。倩说为什么凌离开了？

快乐的时光总是短暂的。北京的那个盛夏像蜜一样浸润着我。有一天，像往常一样，我们在地铁站分手。凌总是比我早下一站路。我轻轻吻在凌的额头。凌的身影慢慢消隐在人流之中。突然我有了一股恐慌感。我发现自己对凌几乎一无所知，她的身世，她的住处，她的工作。她完全是谜一样的存在。而被热烈的恋爱包围的我甚至从来没有问过她。

我们如此亲近，却又如此陌生。我们的故事完全脱离世俗的轨迹。我和凌的每次靠近都在地铁中，没有一次在地面上，在阳光下，至始至终。

我朝着凌走去的方向疾跑。我感到一种令人毛骨悚然的危机感。似乎凌会马上消失。凌是那样特别，我立刻精准地锁定了人群中的她。她回头望了我一眼，冰冷而锐利的目光。她的脚步开始加快，轮廓变得闪烁不定。穿过门禁、过道和楼梯，凌像气流一样不见了。地平线之上的土壤不适合故事的生长。

第二天我在忐忑之中度过。等待下班的过程无异于煎熬。经理不止一次地警告,我对工作的责任心和忠诚度在缩水。我的社交环境在恶化。我在同事和朋友的眼中慢慢变成怪胎。

在我踏着17点的第一秒离开公司时,阿志拦住了我。这个是爱八卦的家伙。我知道他在背后嘀咕着我什么。他笑嘻嘻地说每天都这么猴急,什么时候让我们也见见那位妹子啊。一旁的同事哈哈大笑,我摆脱了他。

疑惑像一团浓稠的浆糊秀逗了我的意识。凌还是坐在地铁站角落的椅子上。这就是我相亲相爱的恋人吗?我对她的认知如此空洞,让我觉得这段恋情是发生于真空中的一个意外。没有根基,没有凭证。

然而凌是那样真实。紧紧握住她的手,放在唇边。有一种冰凉的芳香。我决定要一辈子牢牢地抓紧她。而这却是错误的开始。

我开始诘问凌的信息。她总是笑着岔开话题。我们之间开始出现裂痕。我会在睡梦中恐惧地惊醒,我甚至在怀疑这是一个阴谋。凌这样毫无理由地插足了我的人生。我是那么深爱着她。而她的身后是一团迷雾。她应该知道,迷雾之后是深渊,或是天堂,我不在乎的。

我问她你爱我吗。她用无辜的眼神盯着我。我呵责她为什么吝啬于自己的信息，为什么从来不接受我的约会，为什么从来没有出现在地平线之上。

泪水从她脸庞滑落。她说我说过的，我是一只见光死的妖精。

而我却出离地愤怒。我认为她是对我心切的嘲讽。我起身冷冷地说，我知道了，你是聂小倩，可这里是高度现代化的地铁站，不是兰若寺。

她仰面怔怔地看着我，泪水落在她漂亮的锁骨上。像一只纯洁的饮泪的蝴蝶。她突然跑向轨道，地铁呼啸而来。她在站台的边缘停下。凌的长发贴着车身飞舞。我吓得呆住了，立刻跑过去一把抱住她。对不起，凌。

我和凌被带去地铁站的警务室。我感觉身后所有的人都在责备我欺负一个女孩。我紧紧握住凌的手。她的手像极寒地带的冰，冻的我的手都麻木了。我将顺她的头发。凌的脸色是死灰一般的苍白。我想我真的伤害她了。

一位和蔼的大爷做好了笔录，我们从警务室出来。凌没有说一句话，推开我走了。我远远地跟在她后面，但在我视线偏离她的那一瞬间，她消失了。

有时候我在想，当初为什么会追问那些外在的东西。如果凌一直坐在那里，任由地铁带走匆匆的岁月，任由青春溶解在旋舞的气流中,而她的手永远暖在我的手里,该有多好。

接下来有好几天没见到凌。我坐在她的位置失魂落魄的等。那么多倩影,那么多情侣,那么多匆忙,那么多笑。

地铁是高度浓缩的人间百态。时代的车轮把我们带去远方,无论是选择的,还是被迫的。出现在我视像中的每一个路人,都是一种珍贵的擦肩而过。每个人都试图在这浑浊的环境中抓取更多的钞票,都试图在这快餐年代摆出自己的 Pose。每个人都用耳麦中的流行音乐掩盖住人际的缝隙,都用手机抓拍白驹过隙的当下。

凌终于出现了。她微笑地站在我面前,只是眼神中有某种防备。像刺猬一般的敏感。我不再问她的来历,但我对她的好奇愈加强烈。我们之间的话题变得缩小和生硬。沉默混在氧气中被吸入我们的肺叶,然后麻痹我们的语言神经。

每次分手后,我都会悄悄地跟着她。但每一次都会跟丢。在我眨眼的一微秒,凌就逃离了我的视线。而在站外的地平线上,我从未看到过她。

在凌彻底离开的前一个夜里,我做了一个梦。我伤心地惊醒,枕头上满是泪痕。然而我却忘记了梦的内容。后来才知道,原来是诀别的预告。

第二天凌的情绪很低落。她说你再这样我就要离开了。我没有及时领会她的意旨。分手后,我像往常一样跟着她。我越来越像一个卑鄙的狗仔。当然还是失败了。而当我沮丧地转身时,凌出现在我的眼前。她的泪水扑扑地掉落,摔在地上像破碎的珍珠。

你想知道我是谁,就跟我来吧。凌的声音是被刀子剁碎般的疼痛。但是,你不要后悔。

我说我怎么会后悔呢,我的爱人。我竟然傻傻的还有一丝欣喜。我擦去她眼角的泪水,在她额头上轻轻的一吻。谁知道,一吻天荒。

闸机,过道,楼梯。凌的脚步很慢。像上刑场般艰难。而我却不知道,这果真是我的刑场。我将在无数的日夜里泡在腐蚀性极强的思念中痛苦。

在将要踏上地平线的最后一个阶梯上,凌笑着对我说,再见了,亲爱的地铁恋人。晚风徐徐吹来。我发现凌的形貌开始飘忽,瞬即幻化成无数的流萤,消散在青色的天空。我在冷漠的街道张皇失措。我想这一定是上天给我开的一个玩笑。

凌再也没有出现。我的生活秩序坍塌了。我像烂泥般整天守在地铁站角落的那张椅子上。直到有一天,我被警务员又带进了警务室。还是那位和蔼的大爷做笔录,他居然还记得我。离开的时候我想起问他有没有见到过那个和我一起做笔录的女孩。他诧异地说上次也是我一个人来的。而我清清楚楚地记得凌就在我的旁边写笔录。

我恳求那位大爷调出那天的笔录。确实只有我一个人的。下面注着一行结论,情绪异常,冲向地铁,险些出事。

我的世界彻底崩溃了。我再也无法胜任自己的工作。经理通知我交上辞呈。他惋惜地拍拍我的肩,让我感到这世界的一丝温热。

整理物品的时候,我听到八卦狂阿志对同事说,他曾经好几次跟踪我到地铁站,发现我对着角落里的一张空椅子又说又笑。

我拿着东西黯然离开。我和眼前的世界之间开始滋生一层隔膜。走入地铁站,我凝望着那张椅子。上面坐着一个听歌的女孩,不是凌。等她离开后,我坐在那里。闭上眼睛,任泪水决堤。

凌是那样真实地出现在我的人生,尽管所有人都可以否定。而我却把自己的恋人弄丢了,再也不能牵她的手,吻她的脸,擦她的眼泪。惟余气流中一克拉的冷香。

秋天越来越深了,这座城市是我的失乐园。似乎到处都是麦芒般尖利的暗示,扎得我千疮百孔。我再也不愿在北京待下去了。也许,在其他城市地铁站角落的一张椅子上,凌在等着我。

倩陪着我一起流泪。她分走了我一半伤痛。我们相拥着入睡了。当然什么也没有发生。似乎凌就在房间里静静地站着。她的气息像藤蔓一样爬满我们的梦境。

第二天一大早就闻到一股蛋香。是倩在准备早餐。馨香的食物,明媚的侧影,让我有一种家的温暖。在这广袤而苍凉的都市森林里,有个人在角落里为你默默地忙碌,是多么幸福。

吃过早餐,我们一起去公司上班。朝阳在城市的缝隙中探出笑脸。倩的香味萦绕在我的鼻息。我们像其他揣着梦想的年轻人一样,踏着城市的节奏走进江苏路站。湍急的人流像一股神秘而强大的力量,剥离我们的个性,同化为一样的原子。

我突然握住倩的手。我怕她丢失在茫茫人海里。地铁停靠,我们像其他情侣一样,以相同的步履走进车厢。

倩的脸上有一轮不易察觉的晕红。

还是那样熟悉。呼啸的风声,软绵绵的摇摆,粉末似的灯光,和无孔不入的广告。但我知道,生命的下一站已经出发了。

别了,我的地铁恋人。

迷　爱

她双手支颐,呆呆地望着窗外。远处的灯火像一闪而逝的流萤。新鲜的未来闪烁着不确定感,溶解在漫无边际的夜。

火车像条游移的蛇,在静谧的深山上喧闹。耳边演奏着单调的旋律,是车轮和铁轨的缠绵。永无止尽的情话,毫不羞赧的炽烈。

她的十六岁的花季,暗暗绽放在苍白的灯光下。车厢中的空气黏稠而浑浊。她把头靠在车窗上,薄荷般的冰凉在体内流转开来。这是外面世界渗进来的味道。是的,她和这个完全陌生的世界只隔着一层玻璃。

妞子,睡告告咯。她似乎听到奶奶嘶哑温热的声音。

山里的温度低,奶奶总催促她上床后,轻轻地把被角压严实。风霜模糊了她的脸庞,一双眼睛在油灯下溢满慈爱。有时她讲着心事,奶奶默然地听着。奶奶的耳朵背,听不清小女孩的一句话。但奶奶是她唯一的听众。她的十六年成长的声音,刻录在奶奶失聪的耳朵里。

奶奶现在一定坐在自己的床头,张皇而伤心地垂泣。对不起,奶奶。这是她策划已久的预谋。多年偷偷的积攒,终于凑成一张火车票。去见八年未见的爸妈和弟弟。

她是一个深山里的留守女孩。八年,佝偻了奶奶的脊背。八年,盛放了玫瑰般的芳华。八年,发酵了的厌倦,变成一阵疾跑,奔向迷离的明天。

青春是一场飘雨的花期,带着倔强和骚动。家乡单薄的绿色给不了她舞台。她的激烈她的叛逆注定了这场出逃。是的,出逃。

火车在一个小站停靠。十一点的钟声响起。人流像稀稀疏疏的树影,疲惫而缓慢地移动。新来的乘客带进来一股气味。世俗而风尘的,完全陌生的气味。也许这才是生活最真实的气味。

一个男人站在旁边。穿着黑色西装西裤。他拿着车票对了对座号,把行李箱放到行李架上。衣角轻抚在她头发上，她闻到一股奇异的香味。她的贫乏的语言系统不足以表达。这是种香烟、醇酒、古龙水和男性荷尔蒙的混合气味。她感到一阵微弱的眩晕。

男人坐下，把文件包放在桌上。优雅的身姿，修长的手指，黝黑的皮肤，还有整齐的胡子，惊起她莫名的心跳。一种绚烂的情愫泛滥开来，嫣红了她的脸。她把目光转向窗外。

叫卖的阿姨推着一车食品走过。饥饿倏的苏醒过来。她只在早上啃了一个馒头。

饿吗。她听到男人温柔的声音。对面座位上的男人正在看她。他的眼睛干净而明亮。有两圈跳动的光点。她看到自己饥饿的脸。

她点点头。他示意阿姨，在活动窗口买了饼干、矿泉水、泡面。他为她泡好泡面时，饼干已被饕餮光了。

你一个人吗？他说。她放下吃面的叉子，脸上布满狐疑和防备。她突然醒悟，这个漂亮的家伙是个男人。男人，一种危险而凶恶的动物。他说我看你没带行李？她严肃地瞪了他几眼，转头望去窗外。

男人不再说话。他从文件包里掏出一本杂志，安静地翻看。她偷偷用余光瞥他。花花绿绿的油光纸，美艳高挑的模特,和从来都没见过的超高跟鞋。她闻到一股浓艳的脂粉香气。体内迸发一阵悸动。一种关于美的渴望。她穿着母亲留下的灰色碎花洋裙。已经褶皱和褪色。玻璃上的倒影像发霉的灰姑娘。她把扎马尾的皮筋剥下来。长发如水倾泻。她是美丽的。这点她知道。

她的身体内生长着异常坚硬的意志。被外界激惹的时候,她的纤薄的掌心会聚集狂暴的力量,足以让世界颤抖。她是这样一个纤柔但刚强的女孩。但不是坚韧。所以没有弹性。她常常被自己的棱角划伤。在本已狭小的生存空间,她只得龟缩在自己的壳子里。默数青春的流苏,摩挲渐渐长长的发丝。

她恨她的父母。八年没有一声关怀。光阴把记忆撕得零零碎碎。还有可爱的弟弟,乌亮的剔透的大眼睛,叫的第一声姐姐。总是满身浓郁的温暖的乳香。和爸妈隐匿在世界的暗角。

她忘不了初潮的冬夜。暗红的血毫无征兆地流下。洇红了衣服,滴落在白雪上。惊悚的濒死感,带着疼痛和快乐。她突然觉得死亡是一种幸福。闭上眼睛,孤独地迎接神灵。甜甜的泪水洗清父母的轮廓。她也曾在他们的臂弯软语里傻傻地笑。

她在奶奶的惊叫中苏醒。奶奶干枯的手轻轻为她清洗。她在回忆梦里的清歌。宗教般的诡异的清香，散布在潮冷的空气中。从此美丽像孔雀般华丽开屏。

一种类似野兽目中的凶光，沾满肮脏的欲望，如影随形地盯在她曼妙的身子上。心上像爬了一只蜈蚣，厌恶和愤怒令她颤抖。她看到窗角一只污秽的眼睛。她侧躺向里，按紧了枕头下锋利的匕首。骄傲亢奋的心跳，在听一场即将到来的屠杀。恶爪摸在臀上时，利刃已插在他的小腹。滚烫的鲜血从她白皙的手指滑落。果然是教书先生。一个年近不惑的猥琐男人。她看他躺在血泊中抽搐，突然痛快地大声地笑。

但是对面男人的认真的眉角，消解了她对异性的敌意。他的清澈漆黑的眼睛令她心颤。灵魂浸泡在香洌的气息里，温柔的沉沦。爱意正像吸水的海绵渐渐长大。火车的笛鸣突然像被爱抛光过的乐曲。

我要去找我的爸爸妈妈。一个人第一次出远门。她说。

可是你什么都没带。你也是要去杭州吗？他抬头看她，眼神温柔的像片天鹅绒。

我要去广州。她说。他惊讶地说这可是去杭州的车啊。她说杭州离广州远吗。他说远，很远，半个中国的距离。她说为什么售票员给我去杭州的票。他说一定是她听错了。她凝视着他的皱眉，像有一片柔软的羽毛抚在心上。

只能到武昌转车了。上午八点到。他说。你一个女孩子不害怕吗。她说我喜欢这样。清冷的目光充满叛逆。你可以让我看看你的书吗。我喜欢看。他把杂志递给她。她的手指冰冷而苍白，像冰淇淋。

晓寒侵入车厢，温度缓缓下降。她的裸露的小腿轻轻颤栗。她双手抱紧身子。男人从行李箱内取下一件衬衫披在她身上。轻轻压好边角，像奶奶的细心。衬衫散发芬芳。感觉就像被捧在男人的手心，温暖的要融化。

你是去杭州吗？她说。他点点头。我要去采写一篇新闻。她说你能带我去吗？他微笑着摇摇头。时间紧迫，你应该尽快和父母团聚。

旭日撩散黑暗。他靠着窗还没睡醒。她看了他一整夜。这是个英俊的优雅的男人。他的右脸颊上有一颗迷人的小黑痣。她悄悄站起身凑到他的鼻前。他的呼吸舒缓而清甜。他身上那种好闻的气息再次占领了她。她突然看到他腹下的隆起。她萌生一个甜蜜的恶作剧。她轻轻把脚伸进他的腿窝。他的那部分炙热而坚硬。她的血液中顿时游走着无数快乐的虫子。她的脸殷红如霞。

他的身体轻轻地颤动。她看到他惺忪的眼睛里，灼烧着两团火苗。他的脸上闪过一丝尴尬。她闭上眼睛假睡。他轻轻把她的脚移到一边，然后走向卫生间。

这是个美妙的冒险。脑海中开出无数鲜艳的小花。感觉要爱上他了。

他在武昌为她买了去广州的车票。又买了双份的肯德基套餐递给她。在她进入车站时，他突然想起塞给她几张钞票。这是个生动但古怪的女孩。浑身散发冰片的清气。脸上充满青春期的叛逆和神经质。单薄纤瘦的身材，仿佛风一吹就倒。她那样轻易地消失在人流中。

他买了去杭州的卧铺票。这次的旅行有些疲惫。因为那个女孩。他很快进入梦乡。恍恍惚惚又闻到那种冰凉的香气。一睁开眼，就看到女孩炯亮的眼睛。带着调皮的笑意。

就这样安静地看着他也是快乐的。我想去杭州。她的脸上写着无辜。我想去看看关住白娘子的雷峰塔。他无奈地笑着说，好吧。

杭州。这是一座优雅而香艳的城市。空气中飘浮着美丽的传说。它的建筑不张扬不炫耀,和行人的步调一样安静而和谐。

他们走进一家宾馆。前台用怪异的眼神看着他们,表情中有某种轻佻。他开了两个标间。房卡刷开门他让她进去,然后进入隔壁的房间。

她脱掉老旧的塑料凉鞋,赤脚走在红色地毯上。脚底传来的柔软就像蠕动在手臂上的毛毛虫。她喜欢这种另类的昆虫。她认为自己的血液也是绿色的。在季节里,缓缓地,缓缓地爬向没有方向的方向。

她躺在整洁的床单上。没有一丝皱褶,令她心疼而不安。天花板上有一圈迷离的光晕。目光流转在精致的摆设上。她突然觉得就像在一个神秘而梦幻的盒子里。像草棚里早已备好的奶奶的棺木。她总是抚摸着斑驳的木纹。幻想里面的景色。是否装满了时光和故事。

最后一道夕光死亡的时候,她看到窗外闪烁的霓虹。像杂志封面上女人的媚眼。家乡所没有的色彩和风情。像一个拒绝的语气,不停地萦绕在纯白色的魂灵里。

黑暗的空气没有家乡的凉甜。她站在窗前,看路上的车流。像一只只会跑的火柴盒。顶着两束浑浊的光。她看到一个女人慢悠悠地走过。百合盛开般的裙子,很美很美的女人。不像属于这个世界。高跟鞋的清响像被风奏响的屋檐下的银铃。

她听到隔壁细细的水流。是他在洗澡。一股暖流瞬即涌动，谐振她的每一根神经。她想象得到，在他黝黑结实的臂膀上，灯光温柔地流泻。有馥郁的醇香。她对他的细节着了迷。

浴室的镜中围困一具少女的胴体。细弱的皮肤发出金属般银白的光芒。手掌掬住小小的乳房，两枚粉色的樱桃极具色差感，是对她自身的挑逗。芳香的洗发露使头发更加亮泽。周身覆盖的白色泡沫，像是在跟自己玩一场捉迷藏。

她敲响他的门。身上只裹着白色浴巾。长长的湿发像幽柔的水草。他的赤裸的胸膛呈现，她的大脑一片混沌一片迷醉。她跌入他的怀抱。以身相许是女人甜蜜的本能。这是个合理的解释。

他把她扶到床上。他说怎么了。她凝视着他，眼中摇曳着一簇秋水。但他的眼睛十分干净，看不到关怀之外的感情。我美丽吗？她说。她从不会脸红，但在他面前，已被出卖好几次。他说你是个可爱的女孩。他的微笑依然没有杂质。我有杂志上的女人美丽吗？她不依不饶。他的表情骤然凝固。他突然明白她的意指。这种领悟令他心跳加速。她的纤弱的身体爆发出不一样的含义。像蘸着晨曦朝露羞红的莲。可她只是个孩子。

他的目光充满压抑的胆怯。起身远远地离开她。像躲避一个烈性炸弹。我明天还要外出工作,你快点回去睡吧。

原来被拒绝是会疼痛的。还带点酸味。她趴在自己的床上哭泣。可也没有什么明了的理由。只是想哭泣。原来泪腺里储存着这么多孤单和悲凉。许许多多从所未见的情感,像色彩斑斓的蝴蝶,绕着指尖盘旋。是不是十六年芳心的积蓄,只为迎接这个渺茫的宿命。爱的宿命。轻飘飘地落满春天的花瓣。再一次被自己的棱角割伤。

她在轻缓的敲门声中醒来。天空已透出稀薄的蓝色。他说小孩子长身体要吃早餐。她把头埋在枕头里不给他开门。他又说他中午不回来了,楼下就有个小吃店。他的脚步渐渐走远。她连忙起身,从门缝看见他笔挺的身影拐进电梯。门把上挂着豆浆和面包。满满的馨香再次惹出失控的眼泪。你不要我,为什么对我这么好。

她跌在情感的水洼里束手无策。原来爱情的形状是迷宫。有悲忧的暗格,有欢喜的栈道。就算跌跌撞撞,仓仓皇皇,也希望永远找不到出口。

街道流动着快乐的旋律。男女的牵手对她像一种讽刺。世上所有的爱都有归宿,唯有她的落了单。她想不通,读不懂,这座城市于她到处是无解的死角。

从轿车钻出来的女人,像一颗妖媚的磁石,掳掠了四周男人的目光。她的小脑瓜雪的一亮,我也可以换一个姿态。

这次的采访令他悲悯和愤怒。关于一桩轰动一时的嫖宿幼女案。西部小镇的一家三口,为了躲避流言蜚语远走他乡。年轻的母亲不停地垂泣。十二岁的受害女孩蜷缩在床角颤栗。整个过程沉闷而艰苦,仿佛在炼狱受虐。

他把文稿发到编辑部。长长地叹了口气。文字回忆是第二次煎熬。像把流血的心又扒了一层皮。记者的职业视觉狭窄而沮丧。几乎全是负面新闻。时代的脉搏紊乱,衰弱,像一个渐入膏肓的病人。道德的氧气越来越稀薄。未来是一片灰蒙蒙的阴霾。

他点燃一根烟。烟圈袅出不规则的形状,像狰狞的心情。他细细审视自身职业的意义。好像全无意义。三两句呐喊或规劝,无济于世人灵魂的塌陷。

她知道他回来了。有点甜蜜而慌张。浴室的镜中有一个从所未见的人。她自己。双眼皮上的亮粉闪烁绿色的荧光。眉黛像一片柳叶又细又长。淡淡的腮红看起来就如瓷娃娃。双唇殷红,仿佛能滴下血来。薄透的黑色蕾丝衫隐隐可见精致的肚脐。小小的乳房还是不尽如人意。极具下流感的网格黑丝长袜,让她觉得自己是个蜘蛛精。不过要的就是这个效果,杂志上说只有妖精才能捆住男人的心。可是已没有钱再买高跟鞋了。如果穿上它,她更有信心做一个成功的猎手。

她敲他的门。心像一只刚破茧的蝴蝶,小心翼翼地张翕薄热的翅膀。我的爱人,把我捧在你的手心,把我化在你的眉间。门开了。他的目光迅疾地掠过她的身体,说了声对不起,门啪的被关上。她在他的脸上看到了厌恶和轻蔑。像针一样扎在心上。门突然又打开。他怔怔地盯着她。是你,你这是干什么?他说。她轻轻地说,我想给你。他的眼神突然像一把匕首。她觉得自己的魂魄快被洞穿了。再一次感到被拒绝的危机。他再次关上了门。

厚厚的门板,如此坚硬的拒绝。柔情蜜意倏地挥发,她像个发疯的妒妇,狠命地踢打,唾骂。你这个王八蛋,我想杀了你。她不懂他的世界,正如他不懂她的世界。他的爱心和她的心爱只是路人。

门再开的时候，她把所有的愤怒甩在他脸上。然后像一阵黑色的雾，迅速散出他的视线。夜像一只魔鬼的大手，知觉找不到地图。她在迷蒙的空间狼奔豕突。她听到他的呼喊和奔跑。我要惩罚他，让他后悔一辈子。一只鞋子跑掉了，索性把另一只也扔向天空。脚丫上渗出黏黏的液体，她有种炙热的快感。像踏在大地的舌苔上，更加疯狂地奔赴它喉下的地狱。十六年蛰伏的爱原来是一个火种。被他的温柔点燃，自己就要烧成灰烬，他却如此冰冷地旁观。

她无法理解骤然发生的一切。当然也无法为谁负责。她的留守的天空里，从来都是一个人在飞。孤单是唯一的色彩。她在青黛的年华里描摹父母的脸容，谛听弟弟的喧闹，和凝视身体里暗涨的情欲潮水。只能说，上帝欠她一个说法。

她扶在一座小桥的石墩上喘息。桥下是暗暗的流水。她看到他的眼睛像两颗幽蓝的宝石，摇摆着仓皇的光芒。她跳了下去。

额头没在水里时，她看到奶奶枯黄的穿针引线的手，听到母亲生产自己时的幸福的呻吟，嗅到弟弟胖乎乎的小身体散逸的馨香……

不知过了多久，她感到体内流转着一股浑厚的浓香。好像是从嘴唇一枚枚地溜进。忽然咳嗽出一口腹水，她看到他释然的脸。你真是一头小豹子。他抱起她回去。她真的就如一只受伤的小动物，无助地蜷缩在他的臂膀里。但愿是一辈子。

他褪去她的网格丝袜。这些艳俗的东西不属于你。洗掉铅华的你才是真正的你。第一次看到你，我就觉得你是一种植物。带着清冷的芬芳。

可是我是如此爱你。你却不要我。

不，这不是爱，这是印随。温暖的淋浴冲下来，他为她洗去发中的浮藻。他小心地擦拭她的身体。她的滑腻的肌肤如一匹名贵的绸缎。她在他的眼中看不到欲望，只有疼惜。和奶奶质地一样的疼惜。

你爱我吗？她说。爱，你像我的女儿，我爱你爱到骨子里。他说。我不是一个美丽的女人吗？杂志上的？她说。你还没有长大，等你长大，一定比她们美丽一万倍。他说。

他把她抱在床上。她已刚刚眠熟。他在窗前点燃一根烟。她的脸靥一尘不染，有一种图腾的昭示。是的，女孩都是圣洁的。是神用仙露育出的花。

他听着夜的寂默，测量不出人性到底有多恶。这次的任务像一场痛苦的跋涉。他恨不能把那些淫猥之徒碎尸万段。然而他却是个百无一用的书生。在悲情的母亲落泪时，他只能递上一张纸巾。

　　没有意义。也许上天在用自己的方式，伏笔一场彻底的碎裂。

　　西子湖畔飘荡着太多绮艳的遐想。断桥之上，她像个朝圣者，眉间充满虔诚。许仙和白娘子在她站立的地方相拥。她呼吸到了他们爱情的冷香。

　　他们又去看了雷峰塔。塔在湖心投下一杆薄影。点水蜻蜓撩开柔柔的涟漪。她的表情凝重。你说白娘子逃出来了吗？他说逃出来了，可是我宁愿她还在里面清修。她的脸上掠过单纯的怒色，为什么？他说八十多年前，这座塔坍塌成一座大坟冢，一位满腹才情的诗人在这里吟唱，世上多的是不应分的变态。她说我不懂。他说你永远也不要懂。

　　站台上的风飒飒地吹。她在火车上落座。他的干净的眼睛多了一层伤感。车轮和铁轨开始第一声缠绵，城市突然变成摇摆的虚像。所有的色彩如簌簌掉落的泥灰，覆灭油油的爱情玫瑰。

　　世上再没有他的味道。再不能被他温柔的手指缠绕。惊蛰般的萌动归于寂灭。远方是从未见过的广州。她想象不出它的模样。她的旅行是一场任性的出逃。她不知道爸妈的住址，不知道弟弟在哪里，也不知道怎么找到他们。但是她知道，他们一定在那座城市，为她准备着一份爱的盛宴。

室　友

　　楼上的床垫开始吱吱作响的时候，她醒了。最近她总被这种声音吵醒。

　　夜空的月亮正如一只偷窥的眼睛。耳道翻滚着密集的振颤。她想象得到，上面一对赤裸的男女正汹涌地交换着体液。一滴滴的渗透天花板，沉降在她的鼻息里。那股腥甜的气息像张结实的蛛网，紧紧束缚住她的脉搏。楼上一定是来了新租户。带着昂扬的繁衍精神。

　　远在身旁轻轻地打鼾。他的睡梦总是那么坚韧，让人羡慕。深夜清醒的人是寂寞的。她想起自己的新室友，就在隔壁。

　　她和远在这套两室一厅已经住了两年多了。而隔壁的房间,却不断轮换着面孔。房东总是太过于宠爱自己的钱包,不惜把各种奇形怪状的人放在里面。丝毫不顾及房间的感受。当然还有她和远这样忠诚的老房客。那些在记忆中渐渐凋谢的面孔,像时光的日历。一页页地翻过去,泛黄了她和远单调而平整的青春。

这位新室友是昨天才到的。她和远下班回来的时候,他已经在了。空气中弥漫着苹果香味的古龙水。他的门前放着一个鞋架,整齐地摆着两双油亮的黑色皮鞋。从门缝斜射出一束洁白的光。刚好可以看到他的侧面,黑色衬衫,黑色牛仔裤,蓬松的鬈发。笔挺地坐在电脑前。他似乎没有发觉他们回来。键盘流畅而清脆地响。一个有着清凉的神秘感的男人。

今天才看到他的脸。进门时,他正在阳台晾洗好的衣服。他看着她和远,淡淡地点点头。这是一个一米八几的高大的男人。干净漂亮的脸,黑色紧身衣裤。浑身散发着黄金分割的刚劲的美。在夏日半透明的黄昏,他像一个聚光灯下锃亮的明星。是的,明星。

她被一阵灼热的悸动袭击了。像有一根极细的针管插入脑袋,缓缓抽空了她的意识。然后涂上了一朵极其绚丽的花。这是少女和初恋情人第一次拥吻时才有的情愫。

她吃力地定了定神。

远是个随和而简单的人，走过去和室友搭讪。他的性格像一团橡皮泥，会随着外界的挤压善意地变形。他分辨不出人类情感的细微色差。他是个迟钝而透明的小孩。比如，他感受不到这位新室友眼中的淡漠，和希望保持适当距离的心理倾向。

现在想到这位室友，她还是心跳加速。楼上床垫的振动频率陡然增大。她感到似乎有一只邪恶的小蚂蚁钻进内裤，在羞耻的敏感点上咬啮。而这幢十五层的高楼，正如充血的海绵体，硬梆梆地插在夜的腹下。

床垫终于熄火，她似乎听到楼上传来颓软的喘息。游戏结束了。她浸泡在糜烂的静谧中。隐约听到清脆的键盘声。像简单而好听的音乐。轻轻覆盖住疲惫的意识。明天还要上班。她的睡眠竟然得靠外界的施舍。她在省悟这点时像朵花瓣掉入梦境。

只有月亮偷窥到了这个微妙的小情节。它在夜空笑嘻嘻地满足。

她和远在同一家电子厂上班，分在不同的部门。她的任务就是用溶剂擦拭手机屏幕。一天八九个小时，坐在那一直擦，不停地擦。流水线上传送过来的手机，会掩盖所有时间缝隙。有时她觉得，自己就是个机器人。大脑是一片麻木的空白。冰凉的触感，她看到生命同屏幕上的溶剂一道，在指尖迅速地挥发。留下一鼻腔刺激性的腐朽味。

下班的那一刻，同事们从身边走过。僵硬的躯干，苍白的表情，让她觉得这是一群相同型号的僵尸。语言机能报废，说不出一个主谓宾连贯的句子。情感干结，大脑皮层要好久才能绘出世界的视像。有时一种令人恐惧的巨大的空虚感会将她吞噬。生活的意义突然死亡。她在高速旋转的空间里就要窒息晕倒。

远在大门边的桂花树下等她。简单的笑容，和搜索的目光，把她一颗灰白的心紧紧包裹。十指相扣的瞬间，柔软而清甜的桂花香像一根红线，维系起这座城市里两粒原子的幸福。

他们是在来这座城市的火车上认识的。远不高，一米七多一点。也不帅，谁都不会和她抢。她愿意被这种温暖的安全感笼罩。一辈子。

此刻夜色像件清丽的裙子，轻柔地罩在城市上空。破碎的霓虹光影掠过他们的面颊。精美的商店像一个个诱人的洞穴，刚出炉的时尚溢出迷醉的香。橱窗里漂亮的衣服鞋子，挑逗地向他们抛着媚眼。但微薄的薪水只能让他们把物欲紧紧收敛。他们知道,他们是和这个时代所有的农民工一起,亲手缔造着繁华,却与繁华无关。但他们不抱怨。知足是一种有时可爱有时可悲的品质。

他们在路边的夜摊上吃了碗馄饨面。然后回家。他们喜欢把那间小小的租屋称作家。那十平米的地方承载了他们稀薄的归属感。把流浪和漂泊这样伤感的词汇隔在外面。一打开门,清澈的吉他声飘入耳际。是室友正在弹吉他,久石让的天空之城。像舒适的心灵抚摸,工作一天孳生的尘垢簌簌掉落。

远喜欢玩魔兽世界。而她一看到那些丑陋的小怪物就头疼。远笑着说这是属于男人的战争。她就靠在床头用手机浏览空间日志。有时一篇没什么营养的爱情小文能让她感动得掉泪。但此刻她没有心思看。童年,雪之梦,忧伤还是快乐。一首首的吉他乐如清凉的液体,流淌过心尖指缝,温柔地把灵魂浸润。她似乎从这个世界中离析出来,轻飘飘地坠入一片空明的原野。

脑海中缓缓转动着镜头特写。关于那个神秘的男人。淡漠的眼神。修长的手指。性感的身材。和飘忽的忧郁。这些幽柔的细节在心湖泛起甜蜜的涟漪。他忽然从天降落,携起她的手轻盈地舞旋。月光如聚光灯将彼此幽禁。

你在笑什么？远突然说。

唯美的幻想倏的碎成一地粉末。她的脸烫烫的，说没什么，刚刚看到一个好笑的小幽默。远继续他男人的战争。她托住脸，一种愧疚感慢慢从心底爬上来。

睡觉时一闭上眼睛，满脑子都是那个男人的面容。像一块巨大的幕布，遮住了整个视野。她感到不安，甚至惊慌。远打起第一声鼾时，她抱紧了他。她把手伸进他的腿窝，在他耳旁轻声说，我要。远吻了吻她的额头说，小乖乖，这么晚了，明天还上班呢。然后又迅速跌入梦乡。留下她在深夜徘徊。

时光依然如白开水。而那个神秘的室友，似乎有一种黑色的魔力。一下班，她就迫不及待地想接近他的磁场。他很少出房间。他会弹很好听的吉他。他的房间总是传来清脆的键盘声。她对他的细节很着迷。她想他也许是个作家。拖客厅地板的时候，从门缝一眼就看到了他健美的身材。还总有一股醉人的香氛。墙上挂了一幅画，一个很漂亮的女孩在甜美的笑。她猜不透她是明星还是什么人。想到可能是他女朋友，她甚至有一点嫉妒。

她把洗好的衣服搭在阳台上，看到了一旁晾着的男士内裤。那个室友的。崭新的天蓝色面料，前面有一个浑圆的凸起。她的心跳加速。血管里激荡着一股甜蜜的罪恶感。她把自己的蕾丝文胸挂在了内裤旁边。踮起脚尖的那一刻，她闻到内裤上有一种清润的冰片香气。她突然搞不清这样做的意图。她想她是不是疯了。她像个受了惊的小兔子跑回房间。

远还在玩魔兽。他是块木头，对女人的心事一无所知。这令她庆幸又懊恼。她在跟节操玩起了捉迷藏。这是个危险的游戏。

远压在她身上时，隔壁男人的脸在她意识边缘闪闪烁烁。带着不太真实的柔媚的笑。一种绷紧的禁忌的快感令她全身兴奋。远在对高峰做最后的攀爬时，那张脸突然嵌入意识的最核心。她飞到了前所未有的高度。远在旁边轻轻地喘息。像一种责问。她无助地惶恐着。

男人的脸像木马病毒一样肆虐着她的心。却无法杀毒。她想她是不是爱上那个男人了。但她马上否定了这个荒唐的结论。他和她根本就没说过几句话。他和她的精神世界没有交集。她是一杯白开水，而他是一杯现代情调十足的卡布基诺。

工作的时候她被玻璃杯划破了手。鲜血一滴滴渗出来。组长狠狠批评了她的心不在焉。她想她是自己杜撰了一个阴谋，然后傻傻地把自己困住了。看到桂花树下的远时，眼泪从脸庞滑落。她为这没来由的液体感到生气。远温柔地亲她手上的伤口。是最好的创可贴。她是爱着远的。这点她肯定。

在家门口她听到男女的争吵声。打开门，只见室友和一个女孩站在客厅。他们的表情在激烈地对峙。恶性情绪如污泥，她想象不到这个光润如瓷器的男人沾染的样子。她和远尴尬地怔住了。男人把女孩拉进房间。她看到女孩的脸，和墙上挂着的那幅画一样。漂亮得让人心疼。她的小巧的下巴上坠落一滴泪水。

隔壁又传来争吵。空气中有种暴烈的硝烟味。她听到女孩说，清，你知不知道你突然消失的这一个月我有多恐惧？你知不知道你是个最无赖的小偷，偷走了我的心我的快乐我的未来？男人淡淡地说这是你的自我陶醉。我是自由的，谁也无法捆绑。

女孩说你还把我的照片贴在眼前，你还是爱我的，在乎我的。男人说你很漂亮，我贴在这里只是为了犒赏眼睛。如果你不满意，我可以撕掉。

她听到油纸哗啦啦地被扯碎，然后像死蝶般跌落的声音。女孩的音调像被刀子切碎，颤颤抖抖地说你好狠，这样伤害一个爱你的女人。

男人似乎失控，厉声说是你好贪心，你想占有我的一切。跟你在一起的时候，我的想象会死亡，感觉会失灵，我的创作像上断头台一样痛苦。我说过，我是自由的，我的动作只有飞翔，飞得更高。而你却总想给我拴上锁链。

女孩的语气像一种不能承受的轻。她哀求地说不要离开我。男人说你从一开始就破坏了游戏规则。不过，我可以给你一些补偿。女孩说我什么都不要，难道我在你心中的地位就是一个妓女吗？男人说你不要钱，你比妓女都可怕！

女孩的尖叫，扎在她心底最柔软的地方。她听到防盗门砰的一声巨响，这是绝望爆炸的当量吗？女孩凌乱的脚步消失在青黛色的薄暮里。

远正戴着耳机玩魔兽。外界的情感喧闹在他心上形不成重量。而打死敌人一个丑陋的小怪，能让他兴奋半天。情感干燥是一种幸福。

上厕所的时候她看到男人在阳台上抽烟。伏在栏杆上，一种悲伤的姿势。他回头看了她一下，眼睛里蓄满深沉的伤感。她突然觉得，他也是寂寞的，悲壮的寂寞。甩开一个漂亮的女孩，让他有了另一种凛冽的魅力。能够绞杀一切的黑光闪闪的有毒的魅力。她很想过去说一句劝慰的话。但她马上意识到，他们的世界层次悬殊，他们用不同的语法，他们的交谈注定崩溃。她被他身上那种凌人的势能压迫着。她的尿意蒸发了。她沮丧地跑回了房间。

从此房子里多了一种烟味。缠绕在古龙水的香氛中。远压在她身上时，室友的脸容便扑在脑际。她驱赶不走这种病毒。她也不再驱赶。这个天蓝色的迷人的秘密，像一颗柠檬奶糖，在灵魂深处悄悄地发酵绚烂。

远的姐姐结婚，他请假回家了。心里空落落的感觉让她的工作格外疲累。躺在床上，她的秘密突然像飞镖一样蹿上脑际。没有远的房间，道德像精神表层的涂料一样纷纷剥落。那个神秘的明星般的男人突然和她如此接近。他的幻象在眼前摇摇晃晃。她在脑中肆无忌惮地勾画一幅春宫图。也许我本来就是个坏女孩。今夜让我做个彻底的坏女孩。意识像甜蜜的胶一样黏黏的时候，她眠熟了。

她梦见自己一直在坠落。像片飘零的叶子一样找不到栖息。她模糊地觉得有一根坚硬的东西在体内逼迫。暗合着春宫图的糜烂基调和快乐旋律。在惊醒的瞬间她看到一个人影在门前倏的掠走。然后听到防盗门轻轻合上。她的下身一片潮湿，床单上有滩黏稠的白色乳状物。

她不确定发生了什么。但似乎只有那一个结论合乎逻辑。耳边传来键盘清亮的声音。她自言自语,是他吗?她想她真的对远犯了罪。

第二天她在悔恨和快感的激烈撕咬中度过。她的工作一塌糊涂。她打翻了溶剂,整个流水线上的工序受到影响。组长又狠狠骂了她一顿。下班回家的路上,心和脚的方向相反。她的生活秩序突然坍塌。她背负了一个沉重的包袱,出轨。

她在楼道口看到一张警告。上面说昨晚本幢楼发生多起入室盗窃,请大家注意防范。耳边突然响起昨晚那声防盗门关上的声音。一个可怕的念头令她打了个趔趄,差点摔倒。但她马上推翻了这个念头。她相信是他干的。对,那个明星般的神秘室友。

室友正在弹吉他。她从门缝看到他认真的样子。温柔的指尖划过每一根琴弦。音符飘舞在他的左右。是他与平庸凡俗分隔的结界。她永远无力企及的遥远的结界。在炎热的夏晚,她感觉快要冻僵了。

她迫切需要洗一个舒适的温水澡。她要冲掉每寸肌肤上的罪恶。她用了半瓶清洗液。想到身体里可能有男人的种子令她惊恐。尽管那个好心的男人把那摊东西馈赠给了床单。她凝视着玲珑纤瘦的身体，感觉再无一片净土。它对远将是一种亵渎甚至侮辱。她在白描的青春里从未学会如何处理危机。她把脸埋在膝盖中哭泣。一种刻骨的孤独侵略了她。她炽烈地想念着远。温暖的怀抱，轻柔的亲吻，和命定的唯一的归属。

远终于带着满满的糖果和馨香回来了。她紧紧抱住他。这个不高不帅的笨笨的男孩是如此珍贵。在火车上的第一面，似乎已注定携手人生的所有旅途。可是，她恨自己。恨那个坚硬的条件反射。和远的每一次交融再也无法纯粹。他们的爱情已渗入了杂质。她对隔壁的所有声音更加敏感。她只能一个人孤独而痛苦地承受。

她跟远建议换一家房子租住。远说我们用两年多的时间在这儿种植温馨，家的感觉已茁壮生长。而且想再租到这么清静便宜的屋子，已经不太容易。

是的。她厌恶折腾，喜欢清静。在一座陌生的城市，不太容易安放自己的气息和温度。需要长时间的积聚，冰冷的墙壁才会露出和蔼的神色。他们不再说搬出去的事了。那些令她无法自持的危险元素，便如影随形地挑衅着她的某种劣根性。

一个周末的午后，她靠在床头漫不经心地浏览空间日志。一阵敲门声传来。房子里的两个男人大抵太专心于自己的事业,竟浑然不觉。她只好去开门。是那个漂亮的令人心疼的女孩。曾经和室友吵过一架。画着精致的淡妆,高挑的身段,一身淡蓝色的连身裙子。浑身洋溢着高贵的娇媚。令她自惭形秽。女孩微笑着向她说了声谢谢。然后走进室友的房间。她想上帝是偏心的,他创造一些人,纯粹是用来反衬另一些人的优越。

隔壁的话音分贝越来越高。空气中像燃烧着一团越来越旺的火焰,烫得她的脸生疼。远依然在玩游戏。游戏是他的异次元世界。他的一部分生命和感觉植根在那里。甚至比真实世界还要多还要深。真不敢想象魔兽世界倒闭的那一天。

女孩又开始哭泣。眼泪是情感落败的白旗。午后的阳光被镀上了一层阴凉的锋芒。女孩的眼泪令她难过。

女孩哽咽地问你到底有没有爱过我?男人的语气永远像胜利者的俯瞰,他淡淡地说爱是什么物质,我从来没见过。女孩几乎咆哮着说,爱就是我扔掉了所有自尊,像信仰一样供养着你。就是你把我伤害得遍体鳞伤,我还用心酸原谅你。

男人说我说过多少次,是你先破坏了游戏规则,我感兴趣的只有你的身体。

她看着远,突然明白男人都爱玩游戏。不同维度的游戏。不同烈度的游戏。和不同难度的游戏。而女人却总喜欢玩火。

女孩说那你知不知道,我已经有了你的孩子,三个月了。你知不知道,混蛋。

气氛突然死寂。她仿佛被抛到了真空中,吸不到一口氧气。她突然想去抱住这个可怜的女孩。这么漂亮的人儿,是用来疼的,不是用来当刀靶子的。

男人的语气软了下来,说,责任在我面前太虚弱了。你还是打掉它吧,凌。

她听到两声响亮的耳光。然后是凄厉的哭声脚步声摔门声。远竟然也察觉到了异常,他向她无奈地耸了耸肩。

她坐在床尾,刚好可以看见阳台上的男人。他一根一根地抽着烟,风吹乱他的头发。他的健硕的身躯散发着不安的美。她的瞳孔装不下他的高大,心在脆弱的翕动。她想他还是在意那个叫凌的女孩的。虽然她永远无法描摹他的情感轮廓。

他转身的那一刻,她看到他眼角湿湿的。他也看到了她。目光交错的瞬间，她的思绪狂舞。这是他第一次这么认真而纯粹地看着她。他的眼睛很漂亮。那种黑色的魔力，立刻像藤蔓一样席卷了她。某种故事的可能性随着空气分子剧烈的跳动。是的，他还在看着她。清凉而伤感的眼神。心灵第一次平等的对视。她像木偶一样倒在了床上。她体内的能量化为灰烬。刚才所有的悸动像气流一样从她眼前消散。然而故事的起念脱离他们正在迅速成长。

楼上的床垫又开始响了起来。远在身旁打着鼾。失眠像幽灵一样纠缠着她。当空一轮明月，像个偷窥狂露出的狡黠的淫笑。她起身上厕所。门是虚掩的，推开的那刻，她听到马桶冲水的声音。然后她看到室友还坐在马桶上，怔怔地看着她。他只穿着一条内裤，还横挂在大腿上。全身的肌肤流动着金属质的光芒。而她只穿着薄薄的睡裙和内裤。她的胸脯有两点调皮的凸起。

月光像一种烈性催情剂。两具血肉之躯突然沸腾起狂暴的色情概念。是的，身体本是笨重的化学反应机器，而在异性的对立中突然变成艺术品变成蛊惑变成毒药。这是上帝造物时埋下的魔法。他们的呼吸在这狭小的空间里碰撞，仿佛哗哗啵啵地闪烁着静电小火花。他那根趴在马桶上的东西迅速鲸吞着角度，像根强权的中指藐视一切。她被他紧紧揽在怀里。门被轻轻关上。

他扯下了她的内裤。她玲珑的身体在他的手掌上，像一个软绵绵的布娃娃起起伏伏。她早已渴望这样的蹂躏。只是从没想到过会在马桶上。坚硬，霸道，炽烈。蜷缩在内心深处的秘密终于像雪崩一样释放。

她的潜意识布满了快乐的暗号。她在他健美的身体上吸吮着密码。她确信她是个坏女孩，甚至可以说下流淫荡无耻的女孩时，一股潮水在她体内泛滥。她咬住他的手臂，害怕叫出声音。她感到一束火烫的东西猛地蹿进了子宫底。那里的黏膜被灼烧地生疼。

快乐的残渣是罪恶。她伏在他身上喘息。突然一股伤感像葱汁一样刺得她眼睛酸酸的。她突然想问那天夜里是不是他，一想到楼下的警告，就闭上了嘴。她宁愿相信是他。是这个男人，把她平整的生活变成一摊烂泥。是他，唤醒了她基因里的原罪。可是为什么，她现在恐惧甚至绝望？人生如一道道无解的高级难题，她茫然地站在四角的围墙里无人点拨。

她一个人在卫生间冲洗。黎明像婴儿一样探出头的时候，她回到了房间。远还在轻轻地打鼾。他对昨夜的一切一无所知。这个单纯透明的傻孩子。如果他对她不好一点,她将会好受些。她缩在他的臂弯里睡着了。

第二天工作的时候,那个叫凌的女孩一直闪现在脑海。她找了个借口溜出去,偷偷买了避孕药服下。

下班回到家,隔壁的房间已经搬空了。她站在门口,熟悉的苹果香味的古龙水,和淡淡的烟味。她看到光秃秃的床垫上拼着一张破碎的画,那个女孩的。破碎的笑,破碎的美丽,让人心疼。想到他可能回到了这个怀了宝宝的女孩身边,她释然地一笑。转过身她看到阳台的衣架上挂着一条内裤,天蓝色的。她想她和他从无瓜葛,只是存在些莫名的玄想。但她需要一定的时间来消化这个解释。

房东永远不会让他的老房客寂寞。没几天他就又给他们领来了一对小两口。那个男生和远一见如故,自诩魔兽比远玩得还骨灰。他们约定今晚要好好操练操练。而那个女生正有点腼腆地向她问好。

外面突然刮起了大风。她看到阳台上的那条天蓝色内裤,像只可怜的风筝无助地摇摆。终于被吹飞了。她蓦地意识到,那个神秘高大的男人,又如一张日历,被翻了过去。只留给记忆沼气般熏暖而氤氲的画面。

她终于不再疼痛。青春还在当下,生活在别处。单调,平整,温和。

愤怒的石头

我疾步走向大厅的门口。这幢大楼里的空气闷浊而黏滞。楼层上所有人的喷嚏和排泄,沉降在我掠过的空间。

天正下着雨和雪的杂种。对面的摩天大厦露出嘲讽的表情。面试小姐刚才说一周内通知我。我就知道我像一只流浪狗一样,被她踹出了门槛。我又失去了一次求职机会。可是她的笑容很像一朵莲。一朵温婉却伤人的莲。这样的拒绝方式不如直接对我说一声滚蛋。

寒风如猫爪般划在我脸上。思绪像堵塞的马桶,消化不了烦躁的污秽。而我的外表正如马桶光洁而圆润的陶瓷。一个二十二岁,大学毕业半载即失业的青年。充斥着灼热的荷尔蒙,翻滚着亢奋的高能量。欲望正盛的老女人看我的目光,正如我凝视少女的翘臀酥胸时的难耐。

这倒霉的鬼天气,上帝也治不好它的淋病。天马上黑了。这儿离我的住处有一段距离。我得找个实惠而温暖的旅馆,把疲倦和烦躁打包丢掉。我撑起一把薄伞,消隐在荒凉而冷漠的青黛色背景中。十一月的最后一天,没人会注意到这枚小人物虚弱的生活情节。时代被我走得神经错乱。我是一颗愤怒的石头。

旅馆的老板娘已近中年,像朵将败未败的花,举手投足有种撒泼的不甘。妆容生硬而诡异,眉黛和眼影毫无整体感,口红和粉底色差过大。整张脸像幅拙劣的涂鸦,让人想啐上一口。她把我领到登记的房间。关门的那一刻,我看到她两颊上雀跃的雀斑。

我和这个世界的关系只剩下中伤。

我把自己扔到床上。一股霉味扑鼻而来。我仔细审视包围我的白色床单,散布着点点的黄斑。每个斑点都是一个故事。是这张床关于所有宿客的记忆。是男女的体液,失恋者的烟灰,吟游诗人的墨水,流浪画家的颜料,牛皮癣患者的肤屑。这些具体而肮脏的视像,像一只苍蝇落在情绪的镜面,赶不走,还越抓越痒。

墙角的涂料正在剥落。刚刚落下的一片发出轻而朦胧的声响，像是对我这个目击者的求救。空间里高速运动的寂静分子像龙卷风，逼着我向意识内核躲藏。一些灰色的情绪渣滓便慢慢胀大。这种感觉令我愤懑甚至狂暴。我想这个世界到底怎么了。我的大把的无处安放的青春，隐隐作痛在流离的岁月里。我的理想的画卷放不进流俗的框架。从大学毕业的那一天起，快乐就被没收了。我才发现我和这个世界是有隔膜的。很深很深的隔膜。可当你委屈地嚎哭时，街上的行人会用最粗糙的语言告诉你，这个世界不欠你。

是的，这个世界不欠我。是你把理想刻画得太孤傲，把信仰描摹得太清高。所以你无法在时代浑浊的池塘里游泳。无法苟同放满欲望的女体盛。无法直视光天化日下最疯狂的秘密。

座机铃响。是老板娘的声音。像沙漠中扬起的尘埃。她说你需要服务吗？我用沉默的三秒钟打败了道德。我说要。一种关于婊子的色情印象在我脑中翻涌。但我现在实在没有欲望。我只是想找个人说说话，发泄一下失业以来的苦闷。我太想和这个世界谈谈了。一个人，哪怕一个婊子，可以暂时充当一个世界。

我的女朋友娇美的脸浮现在脑海。毕业之后，我们南北分离。一种叫做爱情的东西被距离缓缓毒死。谁也不搭理谁是我们最后的默契。我们会像命运中的路人一样，谁也不会再涉足对方的风景。可是为什么现在，我有一种背叛她的罪恶感。尽管我只是想找个人说说话。

也许她一直藏在感情的暗角。我还恋着她。她的发香、体香、裙香是那样鲜明而馥郁。我突然意识到，半年没有触碰过女人，原来是关于她的记忆摄纳了欲望。对她的渴念突然变得如此强烈，像毛衣上的静电小火花，在夜里噼噼啪啪地爆炸。

门铃打散了混乱的沉思。打开门，老板娘把一个女人推到我怀里。她的皮肤很光滑很柔软。淡淡的玫瑰香气。皮肤接触的那一点，我感到一阵酥麻。想到各种男人留在她身上的亿万只精虫，会顺着我的毛孔爬进血管，我的躯体顿时洁癖地抖了抖。我把她推开。老板娘带着肥沃的笑容掩门而去。我看到她脸上簌簌掉落的化学粉末。

我爬上床。为刚才愚蠢的决定暗暗懊悔。一个小姐，并不能代替世界，不是我满腔恶性情绪的发泄地。她们只是男人性欲的容器。是风尘世界的商业化产品。是和我一样，被主流抛弃在下水道中的跳蚤。

她轻轻坐在我旁边。长发遮住了脸。双手夹在大腿间。幽暗的灯光勾勒出女体的美好轮廓。弯弯的浓浓的睫毛是她唯一的动态,像一种轻微的抗诉。

　　我被她清冷的气质打动。她完全不像一个专业的小姐。不像那种宽衣解带直逼主题的小姐。甚至她很美。又冷又柔的美。这是一个下马威。我的心弦颤动了一下,躁动消弭在感情的涟漪中。那好像一种怜惜。

　　比喻是危险的。米兰·昆德拉说。一种极其阴柔的情愫涌上我的眼睛。视野变得模糊,我的眼睛布上一层热热的泪膜。

　　沉默在我们不到一米的距离间发酵。像越来越浓的二氧化碳。呼吸变得艰难。鼻息变得粗重。可她仍然像一尊玉琢的雕像。天哪,哪有这样不称职的小姐。顾客就是上帝,难道要上帝先开口吗?

　　甚至初衷就开始凌乱。

　　她的美在无声地增殖。分裂成成千上万的优越感。而我却被逼迫地像个真正的婊子。我颤颤巍巍地从包里抽出一根烟点上。我不爱吸烟,为某种姿态准备着。现在终于派上了用场。烟圈袅出一道屏障,我知道我安全了。冷冰冰的像对峙一样的东西从空间里败走。

你要来一根吗？我说。她点点头。她的微微摇曳的长发像凝固的瀑布。这是什么世界，拿这样一个美若仙子的尤物当失足女。我脸上的还未消退的青春痘突然变得胀痛。我发麻的头皮上一定指数级地孳生着头屑。我的胡茬儿像水泥一样硬化。我的鼻腔被疯长的鼻毛扎的瘙痒。在一个小姐面前，我的自负我的骄傲毫无招架地向壳子里龟缩。

我把烟递给她。她回头的瞬间，我的记忆的深水区被搅动起来。沉积在深底的像腐殖质一样的往事倏的浮出水面。她的面容极像我上小学时的同乡，就像按比例放大了一样。没错，她的左眼角有颗黑痣。如果她笑一下，一定有两个浅浅的酒窝。疑惧顿时像蝎子一样蜇在我心上。

我们的目光定格在彼此脸上。我们的手指在香烟的过滤嘴上相同频率地振颤。世界突然变成一个巨大的问号，硬梆梆地砸在我脑袋上。

紫霏！我的声音像来自十年前的时空。真的是你。她的嘴唇嗫嚅道。她的脸上荡漾着惊喜，但旋即僵硬。她的潋滟的眼波一如既往。她果然有两个浅浅的酒窝。

命运的荒诞性令我忍俊不禁。连空气都是荒诞的。人生就是悲剧和笑话的混合物。对于上天某些精妙的安排我永远无法领会。

你为什么做了……我的声音有些疼痛。

你知道我的家庭的,妈妈死了,爸爸病了,我无路可走。她的眼神充满决绝。我想起那个偏执而冷郁的小女孩。永远穿着一件旧旧的碎花裙子,一个人不撑伞在风雨里漫跑。而我是她唯一的朋友。

可是借故堕落是无法原谅的。我说。

我不是堕落,生活把人逼得可以降低任何底线。她说。同小时候一样,她嘴里吐出的字永远是坚硬的钉子。可是当年那个单薄伶仃的小女孩,如今出落的这样美。这样美的婊子,本身就是一个语病。时代的语境造就了大量的病句。

我听到空气啞啞的冰冻声。我们正像两个小虫子一般,被固锁在琥珀里。我的某些麻木的神经再次被恼怒。

房间里似乎存在一种磁场,心像身不由己的小磁针摆向特定的方位。我知道她一定和我一样,童年的记忆像藤蔓一样爬满脑海。

没人知道为什么,一个十一二岁的小女孩,身体内竟附着着坚如磐石的意志。她永远像一只受伤的刺猬,蜷缩在教室的角落里。那一年,母亲猝然病故。父亲不胜悲痛,精神失常。小同学们用异样的目光看着她。她觉得自己是一个异物。她的眼神的温和只落在窗外的蓝天白云上。

而我就坐在她的身后。她的背影是我的密码。唤醒我爱欲萌芽的密码。朦胧而梦幻般的好感让我早早品尝了近似爱情的甘美。我像爱护自己的玩具般爱护着她。我赶走了所有早熟的男生对她的骚扰。我把爸妈给的零花钱塞进她的课桌。她的冰雪一样的肌肤滋润着我的双眼。有一天,她突然对我笑了。地球像个蹦蹦床,我欢乐地跳了一天。

我成了她唯一的朋友。小学毕业的那天晚上,她在我家门口叫我。她说她和她精神病的父亲将要去远方投靠亲戚了,向我告一声别。然后忽然跑走,像颗流星消隐在夜色里。天空正是满天星斗。最明亮的那颗闪耀着两个少年的眷恋。从此音讯全无。

十年是个混沌的概念。身体在这混沌之中从内而外剧烈地革命。这是个纯真和快乐被虐杀被收缴的过程。直到我们面目全非。

紫霏和衣睡在我旁边。我不愿再想她是小姐。她是这样旖旎这样美好。她的精致的面庞没有被蹂躏过的痕迹。我实在无法想象各种各样的嫖客在她身上饕餮。她又是这样清冷这样纤弱,天生应该被捧在心口疼的被贬谪的仙女。

天蒙蒙亮的时候,我掐灭最后一根烟。看到她起身,我闭上眼睛假寐。卫生间传来轻微的水流声。是她在小心地撒尿。十分悦耳的声音。她走到床头静立了几秒钟,没有说一句话,轻轻地掩门而去。

愤怒,悲哀,疲惫,无奈,统统汇聚在我的内裤里。我以最粗暴的方式进行了宣泄。两亿小蝌蚪喷薄而出的时候,毫无快感可言。我想,多巴胺也被没收了吧。

我在枕头上捏起两根长长的头发。有一股微弱的香气。我把它夹进笔记本。我想我和紫霏将永远不会再见。永远不要再见。我无力插手她的人生。这两根头发是一个人划过我生命的证据。是我对一个人最具体的缅怀。

走到吧台结账,一眼就看到老板娘惹厌的脸。瞌睡虫在她肿胀的眼袋中蠕动。她的松散的语气夹杂在呵欠中。我转身的那一刻,她突然兴奋地叫住我,递给我一张名片。她说小伙子,看不出,你比那些西装革履的人还大方。我表示不解。她说昨天的姑娘给我赚了 500 块,你真是大方。我后来才知道她和小姐们是五五分成的，可是我一分钱也没给紫霏。全身加上包里的硬币我也没有一千块。

我的鼻头涌上一股酸酸的东西。她用自己的方式表示对我这个发小的优待。天空依旧灰蒙蒙的，像化不开的愁绪。街上的行人怀揣着各自的悲喜奔走着各自的故事。没人会留意，我像一个定时炸弹般经过他们的意识流。天空之下，一切都显得那么轻薄，那么没有意义。

我又开始在这座城市里辗转。像被风高高扬起的塑料袋，找不到工作的我，是时代的另一种白色污染。

不过像我这种人是活该流离失所的。这种人顽固、自负，拒绝来自外界的同化。缺乏基本的社会适应能力。不甘心灵魂沦为生活的附庸。有轻微的精神洁癖和完美主义倾向。

毕业前夕父亲在家乡的县城，通过各种关系在某事业单位给我谋了一份差事。他把我领进办公室，我一眼就看到了在桌上摇晃的双脚，和脂肪横溢的脖子。像只肥大的甲壳虫。父亲唯唯诺诺地示好。一想到有一天我也可能会变成这副模样，我拔腿就跑。

我在父亲伤心的呵责中呆滞。我突然觉得家乡的土壤已不再适合我生长。亲人脑海中的我已不是真正的我，是我长成之后剩下的蝉蜕。他们依然循着这个蜕壳打量我的形状。而我也不想更无力纠正他们这种定势。我的周围是我的至亲，我却如此孤单。我决定远行。世界的每一个角落对我来说是一样的。有孤单作伴，到哪都不寂寞。

毕业后我进到了一家外企工作。慢慢发现自己像陷入了一个阴谋。老板以皇帝的姿态自居。他要泯杀每个人的个性，把每个人变成流水线上的机器。他要奴役人的身体，更要奴役人的思想。我出离地愤怒。不当资本家的奴隶，是我的辞职理由。他们真的像对待一个机器一样，甚至连冷蔑都舍不得给我，就放我自由了。

我想我是不是错了。

我在镜中看到头顶上冒出来的白发。脏兮兮的感觉。像苍老挑衅青春的狞笑。我把它们拔下摆在桌上，刚好二十二根。在灯光下熠熠发亮。原来悲愁是白色的。

刚刚接到同学的电话，前女友结婚了。我的心只是停顿了 0.01 秒，然后若无其事言笑晏晏地道喜。这时的心情是无色无味的。挂掉电话，突然觉得身体内的一种东西被抽离了。像扎在血管内的针筒，正缓缓地向外抽血。暗红的滚烫的鲜血。我感到一阵眩晕。我想我只需要蒙头大睡一觉。闭上眼睛，默念祝你幸福。

梦像个秋千，一直摇摆在特定的章节附近。在最高点坠落的那一刻，梦突然惊醒。日光重重的压在我脸上，枕头上一片濡湿。

我把背包里所有的东西倒出来，消灭关于她的所有痕迹。悉心保存的大头贴，是自己对自己作的孽。撕下最后一张时，我的日记本也已经报废了。曾经视若珍宝的回忆，变成了扔不完的垃圾。这么多这么重的垃圾，我束手无策。

我捡起掉在地上的一张名片。我想起了紫霏，想起了女人的身体，想起了为男人而存在的容器。我拨通了电话。

见到紫霏时，她的脸上有一丝欣喜。她的嘴唇动了动，但终究没说出什么。她还没有意识到，此刻我们的关系不是同乡不是发小，而是真正的嫖客与小姐。

此刻我的大脑中只有两个字，报复，报复。但又搞不清具体的敌人。我现在只想做一个纯粹的嫖客该做的事。我紧紧抱住了她。她惊讶地轻推了我一下，然后放弃抵抗。我把她放倒在床上。

我像一只饿狼般吸吮着猎物甜美的汁液。她的身体到处都是黄金分割。便宜了那些占领过她的禽兽。失去了摄纳肉欲的雷峰塔，世界就是一本色情漫画。管不得这个女人身上爬动的精虫了。所有人的前身都是由尿道而出的精虫。

她灼热而紧致。久违的快乐又附体了。这种单调的动作似乎可以无限循环下去。至始至终她都闭着眼，脸上布满疑问和委屈。我把头埋进她的脖子，心想你也有权利委屈？

为了最后的火山爆发，灰飞烟灭也在所不惜。只有在欲望泄尽之后，你才明白几十分钟的高强度劳动，只是为了那六秒钟的抽搐。

她背对着我哭泣。空气中萦绕着热热的黏黏的汗香。她的身体漾出的美好的曲线像一种怨怼。我是一个不折不扣的侵略者。我有些费解刚才的冲动。理智开始猛烈地谴责我。所有辩白都是没有意义的。

我抱住她，亲吻她的头发，附在她耳边不停地说对不起。我突然十分憎恶自己。口口声声的理想主义者，竟是这样的懦弱和虚伪。

她说你知道吗，当那些男人压在我身上时，如果不是幻想成你，我一定会杀了他们。你知道的，我一定会。

我只亲吻她的头发。我的心里乱极了。意义是没有意义的。也许我这么愁苦潦倒，就是束缚于太多的意义。

可是真的是你时，我却幻想不到你，你甚至比那些男人更狰狞。为什么，你告诉我，是不是我在你眼中只是一个婊子。

我只能说对不起。

不要说对不起。你没有对不起我。我喜欢你，从小就喜欢你。你对我做什么我都情愿。可是我现在好难受。我要先走了。

她流着泪穿好衣服，然后离开了。剩我一个人泡在死寂里，呼吸着她的余味。我知道我把她的心撕下了一层黏膜，成了不好愈合的溃疡。我突然发现对自己的了解如此苍白，有必要重新审视和定义。

我真的不想再做世界的零余者了。我在一家物流公司干起了装车员。挥汗如雨的劲头令我十分痛快。沉睡了二十二年的三角肌，被打磨地像块崭新的光亮的电池。

我和紫霏有了彼此的电话。偶尔会收到她的短信，只有简短的三五个字。一种小心翼翼的思念。这些微小的插曲像水中的泡泡，给我这条落拓的鱼送了一口氧。她是坚强的，甚至是纯洁的。这点不容置疑。少年时代的情愫渐渐复活。像埋在地窖的陈酒,在重见阳光的那一刻愈加醇香。

当心有所系的时候,生活显得并不是那么糟。然而就凭上天的恶搞作风,绝不会让你就此风平浪静。

和紫霏的最后一面是在月下的江边。她指着最遥远的那颗星星说,这颗星星很像我,清冷、孤单、离群索居。马上就要坠落了。

我说紫霏,我们一起离开这座城市吧。忘掉过去,缔造一个敞亮的未来给上天看看。

她若有所思地望着我,然后淡淡地一笑,说,我已经做好决定了。她深邃的眼眸里倒映着那颗最遥远的星。

我始终在悔恨没有读懂那层隐晦。她留给我的终只有那两根长长的头发。无数个夜晚,我把发丝放在唇边、舌尖,轻轻舔触她的气息。

那是一个深夜,一声钝重的闷响从我的梦底钻出来。第二天接到电话,让我去医院辨认遗体。紫霏从八层楼顶跳下。警方在她的手机里只找到一个号码,是我的。她的手机里还有一条写给我的未发出的短信,父亲终于去了,我解脱了,我现在好快乐。

紫霏就静静地躺在那里。关于她的所有故事一起圆寂。我想象着她最后的倔强和快乐，像股元气汇入我的体内。

在月下的江边，我突然发现最遥远的那颗星星旁边，有了另一颗星星，清冷地凝望着我。

时间即将迅速把我衰老。我决定用自己最强硬的手腕对待命运。天空突然喧哗出一串烟火，那好像我的愤怒。

爱情标本

我站在地铁二号线出口处,像被一条巨大的饥饿的地下怪物舔在舌尖上。我戴着的墨镜,像一道冷酷的屏障,把我从人群中离析出来。我以一种愉悦的优越感,俯瞰电梯上从怪物腹中缓缓蠕动上来的人们。像流水线上生产的雕像。一个个僵硬的表情,同暮色苍茫的冬晚一样冰冷。经过我身旁的人们,有一种腥而潮暖的气味。正是这条怪物的胃液。如果是女人,还有种略带刺激性的芳香。在走出地铁站的那一刻,优美的身段重新恢复雌性动物可爱的生动。

我看了看表,已经七点钟了。那个叫阿九的女孩还没有出现。她和我微博约定在这里见面。这是个奇怪的姑娘，见面的缘由就是要给我讲一个故事。男人本能的艳遇幻想像一幅绚丽的水彩画，柔柔地在我脑际漂浮。

我是一个另类题材的业余写手。像跳蚤一样附生在这座超级都市。这个时代的情感垃圾那么多那么稍纵即逝，把它们记录下来才是我的喜好。在街头逛一圈，我就能拾荒到好几个灵感。蹲在路边女人的眼泪，公交车上小情侣的悄悄话，肯德基店里美国女郎的丰乳肥臀……只要落在我想象的蛛网里，就能洇开一个故事。当然再掺进些绮艳的佐料，如果成功诱拐编辑的肾上腺素，差不多他就会通知我领稿费了。一种虚弱的自给自足，维持着我在这个世界的新陈代谢。我对这样的生活沾沾自喜，最起码不用忍受暴发户老板油腻腻的目光。说不定有一天，我就像亨利·米勒那本泔水桶般的北回归线一样，火了。

一缕轻微的失落感熄灭了甜滋滋的幻想。阿九已经迟到一个多钟头了。我想我是被放了鸽子。这年头忽悠是一个褒义词，上当正说明你良心未泯。算了，也不必生气，下一篇小说的失足妇女就叫阿九吧。我转身离开，广场中央站立着一棵高大的圣诞树。我才想起今晚是平安夜。树上色彩缤纷的灯光调皮地向我眨着眼。像一种善意的奚落。

没走几步，就听到身后清亮而慌张的声音。作家先生，作家先生。我看到一个二十四五，白色羽绒服，黑色紧身裤，身材颀长的女孩向我跑来。高跟鞋哒哒的敲地声回响在空旷的广场，是可爱而迷人的第三性征。周围男人的目光瞬间被她掳掠。阿九站在我面前时，在男人们艳羡或恶毒的眼神里，我多想对着麦克风大声说，我很幸福。

我摘下墨镜，说微博上不是说了么，叫我小清就好了，我可担不起作家先生这么贵重的名号。她歉然地说对不起小清哥，我迟到了。乍听到小清哥，一种小情哥的错觉，顿时像甜软的棉花糖一样包裹了我的心脏。嗯，起名的确是个技术活。

我说没关系。我们走进一家附近的餐厅，在灯光较暗的角落坐下。阿九以一种奇怪的眼神审视着四周。她的确很漂亮，能给男人长面子。一头乌亮的长发随肩披落。身上甜腻的香味溶解在空气里。也许因为紧张，她的明亮的眼睛里跳动着浓密的光点。

她说她的方向感很不好，所以地铁坐错了方向。她用调羹舀起一勺汤，纤细的小拇指优雅地翘起。指甲上闪烁着幽柔的蓝色荧光。我笑着说心灵的罗盘被时代的快节奏紊乱，我也常常坐错。她薄薄的嘴唇抿了一口汤，洁白的脖子上有条楚楚动人的青筋。

我说你要和我讲什么故事呢。她说关于我的故事。我希望你把它写成小说。我很喜欢你的小说，一种卑微而糜烂的风格，很符合我的故事的基调。算是我一段人生经历的传记。

传记？我有些惊讶，这确实是一个奇怪的女孩。但她对我的信任感，像股熏暖的风一样托起了我的身体。她的眼睛布满了一层密密的泪膜，眼波变得朦胧而恍惚。我被这种阴凉的情愫传染，心情蓦地变得潮湿。眼眶也堆满了重重的液体，仿佛一眨眼就能流下来。

她点点头。是的，我的一段卑贱甚至肮脏的经历，希望你能写下来。她眼中的泪膜越来越厚，终于如雪亮的珍珠般落下，在光滑的大理石桌面上，啪的一声四分五裂。悲伤的气味弥漫开来。我讨厌这种猝不及防的情绪侵略。这使人被动、无奈甚至生气。我动动身体试图抖落粘在衣服上的伤感。可是像一个陷阱，我的心开始有些不安。

哦，为什么非要见面，网上也可以讲的。我的视线移向清纯可人的收银小姐。我竭力想脱离她的负性磁场。她说她怕她会语无伦次，连字都打不好。当面讲或多或少总能讲得清楚。

我在黏稠的伤感里摇摆我的目光，一个壮硕的黑人牵着一个时尚女孩走进餐厅。他的神态有些傲慢。像一种霸气的生殖力自豪感。

　　我说为什么呢？我看到黑人从怀里掏出一个锦盒，递给女孩说 Merry Christmas。女孩脸上的笑容顿时像一朵怒放的莲。

　　因为……因为我……话没说完，她的泪水已批量落下。我递给她几片餐巾纸。女人的眼泪同身体具有同样的蛊惑力。周围的目光迅即像苍蝇一般飞过来。嗡嗡地在我耳旁盘旋，仿佛在责备我欺负一个女孩子。我无辜地盯着天花板。可对面那黑人乌如点漆的眼睛，放射出的凛冽的寒气还是灼伤了我。

　　这样的开场似乎已注定这场谈话是一场跋涉。付过账，我们踱步到广场中央。圣诞树的流光溢彩依然像一种奚落。来自太平洋对岸的洋气的奚落。

　　这么晚了……我没说完，就被她抢过去。她说对不起，我今天一定要把故事讲给你。这是一段痛楚的记忆，我只想请你把它做成标本。

　　标本一词深深打动了我。文字应该像福尔马林，对我们身后的时空防腐。我在她身上嗅到一种默契。一种婉约的文艺气质。在寒冷的平安夜让我周身暖暖的。

我们去宾馆开一个房间吧。讲故事。她说。服务员把我们领进房间,一脸职业化的笑容,问我还需要其他情趣器具吗?我摇摇头关上门。体内却游动着千万只快乐的小虫子,在我的潜意识区域唆使着一定要发生点故事。

我对着空调按下遥控器。阿九突然说她曾经当过发廊小姐,干过一年的皮肉生意。我蓦地一怔,气氛立刻向着庸俗的泥淖下沉。她说你不要惊讶,我真的只是想讲故事。我说没关系,我会认真听。她的眼角又滚落泪水,晶莹的,不带丝毫风尘的俗垢。只有透明的哀伤。我的情绪又被她捆住了。我从来不知道自己的情感独立性如此脆弱。也许是她实在太漂亮。漂亮的女人总能融化男人的社会化外壳。索性就随她摆布吧。

她说她现在已经有了男朋友,他对她很好,他们明年准备结婚。可有一个人,像座嵯峨的山一样矗立在她的记忆里。她叫他阿六。她的真名不叫阿九,他也不叫阿六。阿六和阿九是她们做爱姿势的呼应。六九式。他是她的一个嫖客。而她却爱上了他。她沉浸在他给她的幻想里,像信徒一样膜拜着他。当她愚公移山似的想把那段记忆搬空时,才发现他像纹身一样附在她的灵魂里。才发现,不是她不能忘记他，而是舍不得忘记他。有一段时间，她像个斯德哥尔摩症的绝症患者，每根头发里都发疯长着他的耳语温存。她知道她很贱。一直以心理的余光犯贱地想着他。

她的身子在颤抖。是回忆在地震。我把她扶到床头，倒了一杯水递给她。你不用着急，慢慢说。她的长长的湿湿的睫毛粘在了一起。

她说过了今晚，她会彻底清除关于阿六的记忆，哪怕玉石俱焚。她要用生命赎罪。用生命爱她的丈夫。

我说你刚才说希望我做一个文字标本，可是我的破键盘，敲不出生命力那么旺盛的字的。

她说不，不，我的意思是，只是一种存在于肉体之外的爱情存根。

我想我还是无法准确领会她的意图。男人对女人的情感揣度永远是盲人摸象。我突然觉得对女人的了解是那么肤浅，以至于我觉得以前写过的所有东西都失去意义。一大段的文字，不如她们的一句心里话。

我只能对她说我会认真听，也会认真写。

那年我十八岁，父母离异。我跟着妈妈相依为命。妈妈再婚，却是我噩梦的开始。继父是个嗜酒如命的酒鬼，喝醉了就打妈妈。一次又打我妈。我愤恨地冲撞了他。他暴跳如雷地扯住我的头发,把我拖到床上。令人震惊的是继父竟然扒我的衣服。懦弱的妈妈躲在墙角颤栗,茫然地盯着女儿的身体一点点暴露。那个时刻我充满了绝望。我挣扎着从床头柜上抄起一个酒瓶子,狠狠朝他头上砸去。血如雨点般激射出来。溅到我身上,滚烫的,带着酒精的腥臭。我突然觉得,十八层地狱的煎熬也不过如此。他倒下了。这个地方一秒钟我也待不下去了,我要逃离。妈妈仍呆在墙角,我用尽全身力气啐了她一口。感觉所有的亲情瞬间灰飞烟灭。我拿了继父抽屉里的三百块钱,换了身衣服就离家出走。

　　阿九的眼睛已经红肿。眼影在脸上划了两条长长的凄楚的线,像深重的伤痕。没想到她的故事还有个如此沉痛的前奏。空气弥漫着眼泪的苦涩。比胆汁的度数还高的苦涩。场面似乎变成一种严肃而冰冷的仪式。令人抓狂。我的头皮已经麻木,似乎在纷纷扬扬地孳生着头屑。我拍了拍她的肩,抚摸她的头发。语言已作废,身体接触是最好的劝慰。

　　我在车站随便搭了辆车,开始流落异乡。找不到工作,口袋里的钱只维持了一星期。我像条饥饿的流浪狗游荡在街头。天空开始飘雨,比发丝还轻还细的雨。一丝丝从天的昏暗的尽头漂下来。我好冷,世界像一块坚冰。雨越下越大,像鞭子抽在我身上。抽着我向地狱的方向赶路。终于我倒下了。黑暗中一盏迷离的霓虹映入瞳孔。那里的方位似乎有好多人在看我。女人,站在朦胧的玻璃门内看我。我闭上了眼睛。

我被一股刺鼻的气味恼醒了。我的周围到处是女人的内衣和化妆品。垃圾桶里有一条吸满暗血的卫生巾。像一张骇人的血盆大口。一幅霉败而腐朽的景象。我勉强起身,惊讶地发现自己一丝不挂。一个四十多岁的中年女人给我端来饭菜,我一扫而光。她就是妈咪,我们都叫她木棉姐。

我是在发廊女孩们的卧室。木棉姐对我循循善诱。找不到生存的意义,也找不到死亡的意义,那几天我似乎是在混沌中,像颗渺小的浮尘顺着外界的推力运动。人最大的劣根性,就在于其生理需求。为了一张嘴,我张开了腿。

如果你以为发廊的女孩们同病相怜,那就大错特错了。人性的丑陋毫无遮掩地暴露着,像长在每个人皮肤上的一颗颗伤人的尖刺。有时为了争一个客人,不惜大打出手。发廊只提供最劣质的化妆品。我像个丑小鸭似的被她们呼来唤去。没有男人看得上我。我倒希望永远这样下去。隔间里的男女叫床着最下流的台词。我身体里的那层膜隐隐作痛,仿佛是贞操在向良知最后的求救。我终还是弃权了。

阿六是我的第一个客人。在女孩们复杂的目光中,他牵着我走进隔间。门反锁上的那一刻,恐惧像雪崩一样把我覆没。我躲在床角不住地颤栗。突然感觉一只宽大的手抚摸我的脸庞。一双男人的温暖干净的手。一种简单却纯度很高的关怀。我抬头看着他。终于明白女孩们目光中的含义。这是一个漂亮而利落的男人。在昏暗的房间里,他像一件崭新的全身抛光的金属艺术品。发出靡眩的光和铅味的香。一种浓郁的安全感将我拥抱。

他的吻柔如花瓣,洒满我身体的每一处领地。冰冷的肌肤一点点地生长着温度。他的健硕的身子像条厚实的绒毯般盖在我身上。皮肤相接的地方似乎燃烧着一团火焰。他进入我身体的那一刻,疼痛和快乐激烈地相斫,感觉顷刻就要化为灰烬。

他停下凝视着我的身体。上帝遗留在那里的圣洁的胎记已经残破,鲜血滴在床单上。他的眼睛蓄满柔情,突然紧紧把我抱在怀里。他说你的第一次？我说是的，你是我的第一个男人。他激动地泪流满面。他像条狗一样，舔干了那里鲜红的破碎的圣洁。而我，竟然感动了。深入骨髓的无可救药的贱。

他到第二天晚上才走。他的身影消失的那一刻，我感到刻骨的失落。我开始一遍遍复习他在我耳边的甜蜜的悄悄话。他说我的小宝贝小亲亲小公主。他说爱你一辈子。他说让我为你去死。明明是鬼话，我却见鬼的沉醉。

我每天似乎游离于世界之外，漂浮在暖洋洋的思念里。洗澡的时候，闭上眼睛再睁开，多么希望他就出现在面前的镜子里和我比肩而立。我看着孤零零的自己，和昨天判若两人。他的气息，是身体的催熟剂。胸脯似乎在一夜之间绽放。我像他一样抚摸着自己。被炙热的潮水淹没。

阿九的嘴角挂着浅浅的微笑。柔和的灯光下，她的动情的脸颊晕开一抹潮红，显得十分妩媚动人。少女的爱恋总是一首芬芳的诗歌。哪怕再世俗卑微甚至肮脏。我的土鳖般的想象力，写不出她口中那么精致的句子。墙上钟表的三根指针重叠在 12 点，静谧突然像种神秘而巨大的力量压迫过来。圣诞节到了，有多少人收到了麦琪的礼物?

阿九继续说。第二个第三个第四个男人,像床单一样换来换去。对阿六的念想渐渐稀薄,我的人生向着最恶俗的剧情沉沦。肉体的出卖换来了打赏。我可以像一个真正的婊子那样浓妆艳抹,穿上猩红的网格长袜,伸直纤细的长腿,在玻璃门前搔首弄姿,勾引男人。我们是世上最诱人的商品,是男人情欲最精致的容器。我们从不自认为羞耻,因为压在我们身上的东西,同样为了生计,每个世纪都有无数的太监。他们痴狂于那种单调的抽动,而我们是在灰色的阴霾下倔强的生存。是的,肮脏但不羞耻。

也许是男人堆叠的数量太多,使时间显得太久。也许是真的过去了很久。阿六出现了。那种摄人心魄的悸动,瞬间占领了我。辨识功能已经麻木的我,瞬间就从众多脸谱记忆中检索出了他。那种眼神,那种气息,那种金属艺术品,那种糜眩的光和铅味的香。他朝我笑了笑,像股暖风一样熏得我睁不开眼。他把我牵进房间。我只承认和他才是真正的融合。和其他男人充其量只是交易。快乐炽烈地在我体内奔涌,我一次又一次地飞到了制高点。

他的身体抖动时,我咬住他的肩膀。怪他为什么这么久都不来看我一眼。仅仅是看一眼。我在你眼中是不是只是一只鸡？他的眼中闪过一丝歉意，他说他没有忘记我，只是有些忙。就是这种毫无轻蔑之感的语气，让我对他的迷恋更加笃定。他还说他很喜欢我，说我就是个迷魂的小妖精，说我陨落风尘是凄美的悲剧。看看，他的那张嘴多么会说。是加了糖的毒药。我甚至幻想有一天他会娶我。

那天他走的时候我没让他付钱。木棉姐骂我是个笨蛋。我就是愿意做个笨蛋。阿六从此来得很频繁。女孩们说他是我的专属男人。我掉入了幸福的错觉。为了不让木棉姐说三道四，我把自己的钱给她。我像个热恋中的少女，满脑子的水晶鞋和玫瑰花。甚至连睡觉都能被梦甜醒。我希望这种境况能一直延续下去。就在这么一个阴暗凌乱的角落里，心里满满地装着一个人。所有翻来覆去的男人都成了阿六的化身。闭上眼睛，接受来自天堂的摩擦。

但我和阿六还是有一点矛盾的。他总是想让我用嘴亲他的那个，被我拒绝。那是我仅存的矜持和自尊。让我觉得自己区别于发情动物的最大的分界。虽然他很乐意亲我那里。但男人对女人哪怕再下贱的逢迎，都会被视为一种高尚的呵护。不是吗？

有一天他让我转过身去，亲手给我戴上一条银色项链。我感动得泪如雨下。感觉自己真的被他彻底俘虏了。就算为他做一世牛马，也心甘情愿。那天我没有拒绝。如果他觉得口腔也是一种迷人的器官，我又何必违拗他。之后我们一定会有六九式。阿九这个称呼就是这样被他赏赐的。

女孩们看到我脖子上的项链，有艳羡有妒忌。我飞翔在虚荣的泡沫里。一个好事的女孩却用一块磁铁拆穿了真相。这是铁做的，一块钱好几条的地摊儿货。她们的笑声如凌迟般割在我身上。心疼得滴血，我却宁愿相信阿六被奸商骗了。呵呵，多么傻的女人。一个女孩说，做我们这行的不要幻想爱情。杜十娘就是教训。我们的身子可以像棉花一样软，但心一定要比石头还要硬。

我们竭力规避未来这个词。对我们来说，未来充满着迷茫和疼痛。世人可以把字典里所有的贬义词都砸向我们。青春和肉体如印钞的齿轮。我们会被岁月腐蚀成废品。我们会脱离人类文明，变成心灵上茹毛饮血的野人。女孩们所能想象的最好归宿，就是多年之后，嫁给了穷乡僻壤里一个老实巴交的农民，粗茶淡饭一辈子。然后带着肮脏的秘密，一起腐烂在地下。

我没有诘问这条项链的价值。这是我人生中的第一件礼物。听着阿六的甜言蜜语，我把眼睛藏在被角里流泪。明知道这是些掺水分的假话，我却要命地沉溺。我对他越来越失去免疫。我不敢追问他一句话，怕让他为难，怕自己心碎。而他的花样越来越恶心，甚至变态。我没有拒绝。眼睁睁地看着自己变成他泄欲的玩偶，看着灵魂风化成一碰就碎的窗纸。

有好几天我不想接客。木棉姐狠狠打了我一个耳光。爱让我为他自私。自私到看到其他男人，就联想到大便。交易的时候我忍不住呕吐了，被男人打得鼻青脸肿。我渴望着阿六带我离开这里，去私奔，去抢劫，哪怕去殉情。女孩们说我疯了。我真的疯了。在支离破碎的知觉中我想起了妈妈。那个从来没有被男人疼惜过的女人，现在怎么样了。无数个夜里，我都在愧疚啐她的一口。她也是受害者。我们都是柔弱的女人，掰不过命运的手腕。

阿六又来了。做爱的时候他让我背着他，不愿看我红肿的脸。他甚至都不问我的脸为什么肿了。我心如刀绞。身体突然像断电一样栽倒下去。他却粗暴地揽起我的腰继续他的动作。感觉自己就像被汽车拖行，拖得遍体鳞伤血肉模糊。完事后，我问他我们只有这些吗？我在卑微地乞求。求他再恩赐一句谎言，作为我挨过今夜的解药。他却兜上裤子一言未发地走了。我不敢看他的表情。意识像一团疼得发疯的乱麻。我在想我该有多傻。傻得把一个嫖客的话当成珍珠，傻得每次都为他埋单，傻得一厢情愿地认为他会救赎我的幸福。

　　我生了一场病。女孩们表现了温情的一面，悉心地照顾我。也许更多的是可怜。她们把我的事情跟木棉姐说了。木棉姐决定绝不让阿六再踏进发廊一步。阿六果然被挡在了门外。他和木棉姐在外面激烈地争吵着。我把那条已经褪色的项链放在嘴唇上，伤心欲绝地哭泣。心真的是一种很吃里爬外的东西，它羁縻于外界，却左右着真身的悲喜。

　　阿九的神情很悲苦，但是已没有眼泪。不知道眼泪流尽的时候，是不是该泣血。钟表的三根指针还在拼命地追赶时间。透过窗帘的缝隙，我看到路灯像个可怜的小老头一样呆立在寒冷中。颓弱的灯光里翻涌着蚊子般细小的颗粒。原来下雪了。圣诞老人给这座情感干燥的城市，带来了最好的礼物。阿九似乎也发现了。她的目光温善地盯着那盏小老头一样的路灯。

　　她继续说。如果故事就此画上句号，我的心也许会慢慢麻木，结痂，甚至痊愈。可是命运偏要捉弄人，偏要给你画上一个措手不及的惊叹号。

一天深夜，一群凶神恶煞的男人冲进发廊把我们拉走。原来是当地的一场扫黄行动。我们在审讯室一字排开，有的女孩甚至衣不蔽体。他们声色俱厉地向我们嘶吼，仿佛我们干尽了天下所有的罪恶。相机的快门声咔咔地响着，像杀头的声音。我们弱小的自尊躲藏在膝盖下。他们开始扒我们值点钱的首饰。抬头的瞬间我看到那个拿相机的人，漂亮利落的制服，笔挺地站在那里。像一件全身抛光的金属艺术品，刺得我的眼睛睁不开。伤口哗地被撕烂。好人儿，我还是如此愚蠢地深爱着你。

木棉姐想方设法把我们弄了出去。她舍不得我们这些茂密的摇钱树。走到发廊门前，我想起跌倒的那一天。如果那时就死去了，该有多好。

我突然拔腿就跑。身后传来木棉姐的咒骂。我像个疯子一样向前冲。如果上天执意让我苟活，我为什么不漂亮地活给他看呢？

作为此文真正的男主角，我总觉得阿九还要向我交代些什么。可是没有，她已沉沉睡去。我为她盖好被子。淡淡的黑眼圈，是悲伤透支后的残渣。已经凌晨四点多了。

我站在窗前，雪花在空中漫舞，优美地勾勒出风的形状。这个世界太需要白雪这样美丽而柔软的珍物，用来弱化和消解人世的丑陋。

天亮时，阿九还没醒。似乎正做着一个美梦。我出去买早餐，回来的时候阿九已经不见了。洁白的床单上有一条锈迹斑斑的项链。房费她已经付过。

我把故事写好后发给编辑。几乎是按照阿九的原话誊写的；他问我是不是改路线了，怎么整篇都像个女人在悲戚戚地哭诉。我说这是一个标本。我才不管他懂不懂。

但我一直想问那个姑娘，那条项链是特地留下增强现场感的，还是疏忽落下了。而她的微博已经清空了，墓碑一样的账号。三个月后又突然注销不见。我彻底失去了她的联络方式。只是一打开微博，耳边总奇怪地响起那个清亮而慌张的声音，我给你讲个故事，你帮我做成标本吧……

抽烟的女人

抽烟的男人可能有事故,抽烟的女人一定有故事。

这个念头在他很小时就生长在脑海中。碰到抽烟的女人,他总会多看几眼。尤其是年轻漂亮的女人,她们身上有种冷艳而残酷的美。像嗜血的玫瑰。

城市恢宏冷峻的背景下,抽烟的女人更有这种魅力。她们都是故事家,每根发丝都藏着一个或绮丽或忧伤的故事。

大学毕业后他在浦东找了份工作。在同学亲友眼中,上海这座城带着摩登浪漫的光晕,是贵族的聚居地。他们却不知道,寻不到传说中的廉租房,他只能把每月三分之一的薪水交给房东。

不知不觉,已在沪一年了。维持他继续留在这里的原因,也只是蘸着上海的荣华,亲朋在提及自己时的那种虚荣感。

他是住在一幢台湾人上世纪初建造的楼房里,三人合租,但互不认识。当初中介把他领到这里时,第一眼他就喜欢上了这里。中世纪欧洲教堂风格,古色古香的回廊石板路,随风飘来的渺远的悦耳铃声,还有空气中弥漫的某种腐殖质的潮湿的清香。走进昏暗的电梯,在这幢建筑的血管间上下蠕动,就像被消化在西方古典历史的胃里。住在这里的每一个人,身上都披着一种幽柔的泛黄的光华。他们像是从古堡中走出来的雕像,带着风尘的面容,在阳光下闪烁不真实的鬼魅气质。

是的。浸泡在这种古雅而又质朴的建筑中,他觉得自己变了。变得沉敛淡漠甚至有些苍老。进进出出这幢楼,就像是在现实和虚幻中交错。

下班或周末,他会躺在柔软的大床上,静静地观赏阳光消弭或滋长的姿势,耳边跳跃着光子新陈代谢的声音。他喜欢这样抚摸着时间的纹理。淡如水的思绪飘浮在空气中,品味自身在空间里的虚弱的张力。他也偶尔听几首不知名的黑人歌手的饶舌歌曲,看几集希区柯克的悬疑电影,看几场没有意思的 NBA 比赛。

时间像条不起波澜的河流,载着生活的碎片不快不慢地前行。只是觉得,生活还缺少什么。他想不起来。

他还是个二十三岁的老处男。欲望有时像汹涌的虫子,啃啮四肢百骸。雄性激素在贲张的血管里激荡,撑得他欣快而烦恼。这是来自上帝的挑逗,与他沉闷的人品无关。他会选择闭上眼睛,幻想着大学时的女朋友,把手握成她的私处,嘟囔着鬼也不信的我爱你爱死你,拼命地上下套弄。在女友的倩影深深嵌入意识层的那一刻,他射出灵魂深处的快乐。然后迅速坠落,虚空。

瘫软在床上,他会想那个有着纤长玉腿的女友。满头柔丝在风中飘扬,盛开烂漫而狡黠的笑。为什么拒绝了他再三的上床邀请,而在毕业的前一天,却和一个混蛋玩车震。

也许她爱他。也许她不爱他。猜测女人的心,就像猜测裆里挂着的几十亿精子,哪个会有幸和卵子结合一样,愚蠢而无用。但都不重要,她已成了一个虚拟的充气娃娃,再也勾不起心弦爱的颤动。

黄昏的斜晖逸进窗棂,像氤氲的蒸汽把视野洇得模糊。他起身倒了杯水。宣泄之后身体像泄洪的堤坝,颓软而空洞。水可以让欲望重新溢满。

窗外望去是一处雅致的园子。季节在此处静止,什么时候都是苍翠欲滴,绿意盎然。一条羊肠小道通入幽深。在小道边的长椅上,坐着一个女人。一个抽烟的女人。

她的出现已有两个星期了。每次都是黄昏时刻。直到世界被夜染成青灰色,长椅边的路灯亮起时,她才起身款款离开。

这是一个幽灵般的女人。他站在窗前,一动不动地看她,欣赏她,琢磨她。昼夜交替之时的万物,有种形而上的哲学韵味。心灵的触觉会在此刻变得纯净,变得敏感。而这样一个静谧的女人,漂亮的女人,抽烟的女人,更能勾起一个盛年小伙的遐想。

她慵懒地倚靠在长椅上,一身黑底雪纺裙子,裙摆下缘缀满粉色的小花,像一只只栖息的蝴蝶。雪白无瑕的小腿裸裎在霞光下,双脚染着指甲油,趿在薄薄的拖鞋上。

她一根接一根地抽。烟在她的手指间变成了魔法棒,袅出各种怪异的形状。烟雾笼罩之下,她的眼睛迷离而迟缓地流转。浓密的酒红长发随意地堆积在肩上。她的眉线很细很长,惹人心疼,像蜻蜓脆弱的翅膀。她的嘴唇饱满鲜艳,并不因为烟嘴的灼烧而干裂。烟气在她的肺部一遍遍轮回,又随着鼻息而散。他似乎嗅到一种薄荷味的清凉和淡泊,但不是忧郁。

他的心泛起慌乱的悸动。这个抽烟的女人是真正的女神,准确地投射在大脑的爱欲区域,搅动爱的幸福的蜜浆。他的呼吸变得紊乱。精气似乎汇入灼烧的烟嘴,被这个梦一样诗一样谜一样的女人摄入体内。

他的麻木的思维突然被自惭形秽的卑微感绑架。其实,他一直都像一只蝼蚁般寄生在城市的藤蔓中。只是没有外在的提示,他忘记了。存在的意义再次被削弱。他蓦地萌生从窗口跳下去的念头,这样可能会博得抽烟女人的怜悯,当然也可能是嘲讽,或者压根不屑一顾。他的确不值一顾。

夜幕降临到路灯亮起的间隙,女人的身体被隐藏。一点烟光在半空浮动,映出朦胧的绝美的脸。她的眼睛不知从哪里聚集起一线幽光,像嵌在夜里的水晶,灵秀而神秘。

这是一段虚无缥缈而充满幻想的时刻。她的轮廓的残影还浮在脑际。他想到狐狸精,妖冶的专门腐蚀男人的狐狸精。他喜欢和她黑暗的影子对峙。男人都喜欢狐狸精。一个未长成的男人更容易被迷惑被沦陷。

路灯亮起的瞬间像电影华丽的开场,她的美丽顿时爆发。微弱的白色灯光如稀释的牛奶,浸渍在她柔弱无骨的躯体上。此时她像一只诡异的猫,优雅地舔舐自身的美丽。她的四周发出幽蓝的光。一种与世隔绝的高贵感。

她一定有很多迷人的故事。香烟对肺叶的伤害并无衰减她的美丽,反而将之升华,烘托。

这种女人就是尤物,天生的害人精。

他想他可以为她做任何事,为她死,为她下地狱。没有只言片语,他的男人的自尊、力量统统缴械投降。如果可以选择,他愿做一条哈巴狗,牵在她手里。可是她的目光从来没有宠幸过他。卑微如一粒尘埃,他自认为。

她躬下身子,把脚下的烟蒂塞进烟盒,起身轻轻抖抖裙子,然后安静地离开。

他匆匆跑下楼去。他住在第三层。站在长椅前,四顾张望。没有她的身影。闭上眼睛,烟香,裙香,发香,轻飘飘地渗入骨髓,清甜的,绝望的。他想到了和死亡有关的词汇。

梦中他果然爱上一只狐狸精,痴缠而炽烈。醒来他发现不但枕头湿了,内裤也湿了。

爱情来得太突然,太剧烈,没有方向,像一场荒唐的造作。

公司领导一再警告他的魂不守舍,他却幸福而忐忑地酝酿出一个决定,他要告诉她,他爱她。

他的心乱糟糟的。这种鲁莽甚至无厘头的决定,从来不被他制造。他是那种按部就班、逆来顺受的人,靠生活的惯性向前滑行的人。他觉得自己和这个世界较为和谐的关系突然决裂。如果再来一次,他一定会强暴他的大学女友。

爱使人疯狂。如是。

他已经在做模拟训练,准备在周末向她表白。

他盯守在窗前。时间还早,却成了煎熬。

她终于出现了。爱欲和心酸融合成无色液体,从他眼眶滚落。她的身材并不修长,但很娇小很匀称。可以让男人捧在手心疼,捂在胸口爱。

她坐下来,从黑色的烟盒中抽出一根又细又长的烟。当然不是被男人抽臭的南京或玉溪。他对香烟了解得不多,偶尔也抽一下。她抽的烟同她一样神秘。

她似乎在思索什么。眼波中有种恍恍惚惚的妩媚,最摄人心魄。他的思绪总在此刻黏滞,呼吸变得艰难却快乐。

她在捡烟蒂。他再也抑制不住爱情的汹涌,像被强劲的电流刺激着,逼迫着跑下楼去。站在她面前,他有一种天崩地陷的晕眩感。大脑一片空白,随时可能断电。

女人一边捡烟蒂一边淡淡地说,你一直在看我。

这声音像从遥远的极乐世界飘来,直接消灭了他的语言功能。除了杂乱的粗重的呼吸,他像只呆了的木鸡。

女人起身站在他面前说,你是不是想做爱。

像一场幻觉。完全失去能动性,他跟着她不知上了几层楼,走了几步路,然后打开一个房门。一股微微刺激的化学气味扑鼻而来,知觉重新附体。房间里散乱地堆积着各种颜料,墙边竖着一道大大的画布,却是空白的,一尘不染。

她开始脱衣服,只剩蕾丝文胸和底裤。他看着她,像看一只蝴蝶从蛹内绽放,残酷而疼痛的过程。他有一种深深的自卑,卑微不如她一根飘落的发丝。他觉得自己已经被她的美丽虐杀了。他想立刻逃离。

你不要洗澡吗?她的嘴唇在念温柔的魔咒。她起身上前解开他的衬衫,滑落他的裤子。她的手指柔软而冰凉,像游移的冰激淋。末端循环不好的女人,有一种苍白的孤绝的冷艳。

浴室枯黄的灯光像浸了油的纸,是半透明的固状物。

浴缸已注满热水,她撒上玫瑰和精油。然后除去身体最后一片遮蔽。

他感到自己的身体在压缩,毛孔都关闭,欲望全干涸。他像迷失在大海中的一片叶子,被浪涛毁灭是唯一的归宿。

你过来。她的语气她的表情都很淡。他好像不是作为异性个体而存在。她好像也不对将要发生的被占领所动容。她脱掉了他的内裤。竟是一摊的绵软,松搭搭地趴在草丛中。

你一定是个处男。她露出愉悦的笑容。这笑容是温暖的安慰。他的身体微微苏醒。可沮丧和紧张依然梗在心头。

他和她在浴缸里相对而坐。她用毛巾轻轻为他擦拭。他不敢看她一眼,目光凝固在挂满水珠的天花板。

你知道怎么做爱吗?她说。他点点头。她说你为什么还是软的?他说我不知道。他的声音沙哑如荒漠的枯藤。她说我不是处女,如果你在乎你的第一次,你可以离开。

我不在乎,只是我的爱堵在大脑中下不来。他说。

她把毛巾递给他,你给我擦,哪都可以。

他们擦干身体,躺在床上。赤裸相对,他依旧无法燃烧。原来他们的距离越近,鸿沟越远。他难过地哭泣。他在被她的美她的高贵蹂躏、践踏、撕碎。他的肮脏的泪水正在亵渎她的美她的高贵。

她突然明白,她在他心中的角色就如供奉在佛龛中的女娲。她笑了,得意而戏谑的笑。

我只是一个女人。一个想做爱的女人。她善意地笑,像在他心脏轻轻地抚摸。

她吻他的泪水。她的长发像一团棉絮,漂浮在他的身体上。她的舌头像只火烫的蛇在他口中游斗。她的灵魂的味道顺着味蕾进入他体内,一种极其妖冶而浓烈的香。烟草并没在她体内留下痕迹,她的牙齿白璧无瑕,她的肺叶散逸清香。

他有些明白,香烟之于男人女人的意义完全不同。男人抽烟不比污秽的排泄干净,而女人抽烟是一种妆扮。

她的手在他肌肤上流动,蓦地探入他的腹下,把准他的软处。他突然像只被触怒的狮子,荷尔蒙狂暴地席卷而来。

她的确柔弱无骨。她的身体是炙热的潮水,起起伏伏,荡荡漾漾,唱一曲爱的哼吟。他们整晚地弄潮,整晚地高潮。

她把画布移到床前。颜料从她的手下抹出阴郁而凌乱的图案。像一朵糜烂的花。他看着她白玉般的脊背，和画布扭出一股强烈的违和感。他看不懂她。

她把画笔扔在一旁。画布几乎被颜料覆满。她拿起烟盒，抽出又细又长的烟。他看到黑色烟盒上的标志好像是 YSL。像两个纤长女人缠绕在一起的形状。

你要吗？她说。他点点头。他在她面前还是不太自信。她为他点着烟。尼古丁在体内流走，又凉又甜的感觉。像这个女人。美丽和这种慢性毒药在她身上相克相生。

抽烟的女人有种尖锐的冷暴力，能满足男人对另类女人的神秘感和好奇心，尤其是他这种涉世未深的嫩雏儿，简直无法抵抗。

日光萎败的时候，他们再次交融。她坐在他身上，长发飘舞。嚎叫，喘息，扑击，像来自地狱的声音，烈火煅烧的声音。律动的肉体强烈共振的那一刻，他们再次飞到顶峰。细细密密的汗珠水银般洒落，芬芳的，带着羞耻和下流。

他把脸深深埋在她的发丝中，嘴唇吻在细嫩的耳垂上。女神，让我为你去死吧。他说。她冷冷一笑，我不是神，我是妖怪，是狐狸精，专门勾引男人的狐狸精，你不怕？

不怕血被吸干，不怕阳寿折尽，就怕你带着狐媚消失不见。他说。

她说你挺会说话。

他说这是我灵魂的声音。

她说你了解我吗？

他说你是一个装满故事的女人，你的每根发丝都在讲故事。

她说是的，我的身体刻录着每一个男人的故事，十五岁少年，古稀老男人，俄罗斯商人，南非黑鬼。太多了。我的血液有一部分是男人的体液。

他说我不在乎，只求你收留我。

她说我是世界的旁观者，生命的流浪女，在男人身上寻找灵感。每一个男人的力量、温度、气味就是一张画。她指着床前的画布说，这是你的。不过还没完成。总觉得缺点什么。

缺点什么呢？他看着这个刚长成的小男人，质朴得像一粒沙子，又看看画布上的画，陷入沉思。

他也望着这幅画。完全就是一堆毫无秩序毫无线条感的颜料，很难看出有他的痕迹。他眯着眼睛还是看到那朵糜烂的花，有点梵高的向日葵的气质，令人难以接近的超现实主义幻想。

她心头蒙上一层淡淡的烦恼。取下画布，一绺绺撕碎。她看着他。思绪沉渣泛起。她是从十九岁开始漂泊的。那年父母死于空难，留给她巨额的赔偿和遗产。她知道她自由了。胶着的生活像一张皱巴巴的白纸。她把灵魂放逐到远方。带着画笔，她把男人当成绘画的元素。生命本无意义，找点乐趣世界才不至于太荒芜。

她是男人的狐狸精。男人是她的下脚料。男人是种简单愚蠢的东西。抽支烟扮点妖媚就能把他们俘获。她想她可以把这种单细胞生物完全读懂。

可是这个小男人让她有点迷惑。宝贝，为什么我抓不到你的灵魂。她趴在他身上。

可能是我没有灵魂。他说。

她说你的眼神是纯白的，你的欲望是虚弱的，你像张白纸。

他说我的确是张白纸。

她说所以我确定不了你的颜色，你的形状。可你又是真实的，你让我烦恼。

他说我可以在你身体里死掉。

她说不，死亡没有意义。意义本身就没有意义。我们都是浮尘,只是要找到自己的姿态。

他打电话向公司请了一周的假。他和她在彼此的身体里飞舞。她换上一张新的画布,一尘不染。她在提笔前再次溃败,泣不成声。她看不懂他。她从没有为一个男人流泪。有时她想杀了他。她恨他带给自己的挫败感。

精气的消耗使他快乐而疲惫。他睡得很死很长。又一个周末醒来时,他发现自己睡在自己的小屋里。没有女人,没有画布。只有淡淡的烟味。

他爬到窗前向楼下的长椅望去,夕光铺满园子。他长久地盯住那里。直到路灯亮起,也没有一个抽烟的女人出现。突然,一只黑色的猫落在椅背上,轻飘飘地啼叫,像死婴的垂泣。

记忆里搜索不到她的住所,他一家家地敲门。终于在顶楼最里边的房门前,他捏起一个细小的烟蒂。他认出来就是那种叫 YSL 的烟。一个大爷在清理房间。他问他这里的住客哪去了? 大爷说她昨天搬走了,只住了一个月。

他在垃圾堆里看到一绺绺的画布,颜料像发霉般更加晦涩杂乱。他想起来她说这颜料画的是他。他落荒而逃。

生活在既定的轨道中继续。如果没人提醒,他还是感受不到自己有多大的存在感。他是自己影子的影子。碰到抽烟的女人,他还会多看几眼。只是不会像原来那么在意。

他也想不通为什么自己会让那个女人为难。可能他的确什么都没有,什么都不是。所以不可捉摸,无可名状。

八个月后他收到一封莫名其妙的信。信里有一封请柬。一个叫桂的女人邀请他去巴黎参加一个画展。请柬上有那种飘忽的烟香和体香。

他依然住在这幢台湾人建造的房子里。他习惯性地在黄昏之时,望望楼下的长椅。偶尔也能看到有个抽烟的女人坐在那里,像狐狸精。只是今天没有。

他笑了笑,把信扔在抽屉里。他的生活单调而苍白。他的钱包没有足够的能量让他漂洋过海。在找到廉租房之前,他哪也不去。

告别式

这辆杭州开往成都的火车,能否把我从天涯送回你的心里?

我站在车门前,望着窗外迅速遁去的村庄和田野。我的张皇和焦虑,在从东向西的时空,划了四千里长的凄厉的一道痕。

分手吧。是你最后的音讯。在我的身体里回响,像一场持续的苦楚的绞杀。

电话,QQ,微博,微信。能想到的所有渠道,再也寻找不到你的踪迹。你把我们的爱情彻底拉了黑。

我早就意识到,植根于虚拟网络和无线电波的异地恋,是先天营养不良的。只是没想到,523 天的温存和柔情,仅仅三个字就被全盘没收。我不甘。

不甘。所以有了这场盲目的跋涉。没有任何准备,我急急地在杭州站买了最早出发的车票。无座,我已经站了三十多个小时了。对到达终点的殷切,让我忘记了疲惫和饥饿。

列车播音员开始用柔软的近乎做作的腔调报站,像流了一车厢黏黏的奶昔。末了她道歉说目前已晚点一个多小时。这是个哑巴亏般使我沮丧的消息。

餐车经过时,像是被饥饿狠狠抽了一巴掌,我听到胃的呐喊。我买了份盒饭一扫而光。然后感到血液哗啦啦地在血管里湍急地流淌。一股油然的希望点燃了我的思维能动性。也许,你看到我,一定会感动地回心转意。也许,在挂掉电话的那一刻,你在后悔地恸哭。

午后的阳光铺满大地,像一层金黄色的粉末。孤独的电线杆,沉默的稻草人,和蜿蜒在时光里的静静的轨道。穿越天堂到天府的距离,亲爱的,我来了。

从成都站赶到你的学校,已经晚上十点了。我来到你的宿舍楼下,看到你的寝室已经熄灯。心爱的女孩近在咫尺,我的肢体激动地颤栗。我在想,也许,只要大喊一声你的名字,像电影里唯美的桥段,月亮如聚光灯一样锁住我,你会尖叫着跑下来拥抱我。

幻景被风吹来的浓郁的桂花香溶解。我决定第二天再来找你。让这个惊喜再精心地发酵一夜。

这是我第二次来到这座城市。暮色下的成都雍容而细腻，像一片少女的绸缎般的肌肤。霓虹幽幽地点亮它精致的纹理。行人散漫的步调，麻将碰撞的清响，和语气词拉长的悦耳的川话，提醒我这是个时间被稀释，节奏被放缓的地方。

我在一家如家宾馆前驻足。很意外地知道我要订的房间是空着的。213，爱一生。房卡刷开门，我走进去，关上。然后凝视着这小小的空间。一年前，就在宇宙的这个坐标，我和你热烈的缠绵。

然而，彼时，是迎接一段脱胎于网络，刚刚呱呱坠地的温热而笃定的爱情。如今，却是挽救，抑或，结束。

结束两个字，像一把榔头沉重地砸在心上。会掐死我小心翼翼建立的虚弱的希望。

依旧是洁白的床单，我是第几个过客。一年中，又翻滚过多少故事。我躺在床上，把自己放成一个正楷的大字，像漂浮在沉静的洋流上。回忆如一摊陈旧的淤血，开始顺着毛孔漫溯。

因为同玩一款网络射击游戏，我们开始偶然的交谈。直到系统因维护而打烊，我们还没谈完。然后到 QQ，话题漫无边际地延伸。我有种强烈的预感，键盘敲出的不是字，是火花。

每次的聊天总是默契而畅快。隔遥遥的距离，我们是彼此狂热的粉丝。直到打第一通电话，我才知道，游戏里犀利的射击高手，你，真声却是柔柔的，乖乖的。像飘落的透明的花瓣。

大学毕业的第二天，我坐火车去成都找你。在校门口等你时，我紧张地两腿发软。你出现了，掩映在盛放的芙蓉花丛里，脸上挂着一枚明媚的微笑，大大的眼睛萌动着欣喜。一只纯白的蝴蝶掠过你的长发。像一幅诗化的写意。我的目光将你的美好全部摘取。

你带我去春熙路、锦里体味成都的休闲与浪漫。带我品尝担担面、龙抄手、麻婆豆腐，辣得我悲伤逆流成河。你却掩面偷笑。

我临走的前一晚，你说要回校准备大二期末考试。你转身的那一刻，勇气突然造了反，我慌张地拉住你的手。月光下的你皎洁无瑕。

一股炙热的力量把我们紧紧缠绕。亲吻是氧气般迫切的刚需。你的唇像草莓味的夹心软糖。衣服成了最大的阻碍。我的手触在你的腰肢,你阻止我继续探索。三秒钟的停顿后,你放行了。

我贪婪地阅读你的胴体。我要记下你每个毛孔里散出的体香。在欲望的森林里,我迷路了。你羞涩地把我引向秘密的花园。十牛顿的冲力,仿佛揭开了前世的封印。疼痛的破裂和涅槃的重生。我们终于被爱的洪水淹没。

第二天送我,在站台上你流了泪。车子开动时,你踉跄地跑了几步而被工作人员制止。我从窗户探出头,大喊我爱你。终于你的容颜溃散在速度里。

你说过,距离是爱情的考卷。你的大二期末成绩是第一,而我们的爱情终究挂了科。

你的大三开始了,我也找到了一份不怎么理想的工作。两地分居的日子,思念像一杯亦苦亦甜的咖啡,我在生活的缝隙里一小口一小口地啜饮。

我把你的照片设置成我的手机壁纸和电脑背景。我试图让你的气息充满我的生活。经常我的心间会被暖暖的幸福溢满。想到你正在远方努力地读书,我工作的马力会立即加满。这是个奇妙的世界,概率是我们的媒人。我要感谢每一根光纤和每一频赫兹,把东部和西部的两颗心无缝隙连接。

可是看到别的情侣们的依偎和亲昵,那种羡慕的酸楚你可曾也有过。一个人逛街,一个人购物,一个人吃饭。孤单溶在空气里,挥之不去。

躲在冰冷的被子里给你打电话,说完我想你,你可知道我的心变成了一片薄薄的一碰就碎的蝉翼。无线电波把你的香味你的语气传递在我唇边,可一想到我们相隔大半个国度的距离、三千八百里的鸿沟,我会恐惧地颤抖。

我开始沉溺在网络贴吧里。看别人的异地恋故事。一屏幕的忧伤和快乐,心酸和等待。所有人都是自言自语的守望者。所有人受着距离这个敌人的凌虐。渐渐这里成了我取暖的火炉。我不停地把网页刷新,刷新,绝不错过新上的每一根薪柴。

你说我是个淘气的孩子。我变得越来越胆小。我学会敏感地捕捉你语气的冷暖。一摄氏度的偏差,就如某种撕裂般令我不安。

终于,你在寒假来到了杭州。在人流中,我一眼就看到了你。乖巧的、纤柔的,又多了几分妩媚。你学会了化妆,扮熟的眼线,细润的粉底。你说为了我试着让自己绽放。

在西湖握了你一天的手，算是对我思念和虚荣心的补偿。还记得吗？那天我们照了很多又傻又二的大头贴。仿佛世间所有的快乐都被我们占领。

我知道，你和我一样，盼望夜的到来。半年煅烧般的饥渴和思念，在褪去最后一片隔膜之后，统统被我们救赎。黎明之前，我们相拥着流泪。我们的爱情是一场艰辛的持久战。未来甚至还没有一个像样的轮廓。只有模糊的憧憬，在遥远的灰色画布上，投下一抹温热。这就是我们爱情的营养。

我们并肩站在千岛湖的观景台上。鸟瞰散布的岛屿，温柔的碧波，葱茏的植物。我指着一个方向说，那就是我工作的地方。我留意了你的眼神，淡淡的，有一丝遐想。你不会知道，我的工作的辛劳，生活质量的拼命压缩，都是为你的幸福而积攒。

我问你更喜欢哪一座城市。你说都喜欢。其实我是想说，你愿意嫁给我吗？

火车终会带着你离开。一米一米地，用山川、河湖、森林、城池，把我们层层阻隔。

我生日的那天，收到你寄来的礼物。你在电话里的神秘，现在才揭晓。是一幅十字绣，绣着我们的大头贴。你让老板把照片放大,印在布上,然后用了整整两个月,为我赶制这份感动。右下角还有一行字,我用空空的无名指,等待你。

宝贝,你让我这个大男人变成了泪缸。距离把我的心腐蚀得脆弱不堪。

这么爱我的你,和这么爱你的我。你怎么毫无来由地在那通电话里说,好累好累,你要放弃。

你可知道,放弃你,会耗尽我生命的元气!

这次我来到成都,你已经大四了。也许,你变得更成熟了,而我,还是那个淘气的孩子。

这个夜晚我毫无睡意。思绪在沉静的洋流上一直漂浮,漂浮。

第二天我买了束玫瑰花,去学校找你。站在你的宿舍楼下,紧张和忐忑把我的喉咙勒在一起。我开了口,一遍一遍大喊你的名字。电影里都是骗人的。你没有出现,箭射而来的是鄙夷的目光和冷冰冰的咒骂。你知道我爱面子,可我不在乎了。我用最大的分贝宣誓你是我的唯一。

你的一个好心的室友下来对我说,你不在。更惊悚的是,她说你妈带你相亲去了。

我听你说过,你是一个独生女,父母疼爱,你妈经常会来学校看你。你的室友告诉我你的新号码。我像抓住了一根救命稻草。

呵呵,你是想把我们的过去全部删除,然后填补一份新感情吗?

在校门口我看到了你。你坐在轿车里,一个西装笔挺的男人为你打开车门。一只光亮的高跟鞋小心地踏在地面上。然后另一只。你穿了一身粉色雪纺连身裙子。精致的妆容和如水般倾泻的长发。你像一只优雅的孔雀华丽地开屏了。却不是为我。

你矜持地和男人说话。而我像被一团地狱之火熊熊地炙烤。我的理智哗哗剥落。我冲过去,把花砸在他脸上。然后拉着你漫无方向地走。车里下来的一个中年女人追上来喝止了我,并狠狠地打了我一个耳光。

我知道,她是你妈。可是请原谅我。在那一刹那,我觉得她是世上最令人憎恶的魔鬼。她拉走了你。我才明白,你不属于我,甚至不属于你自己。你回头望了我一眼,泪水划落在空空的无名指上。我的心碎成粉末。

我无法修好自己的声带。它发出的声音颤颤抖抖,每个音节都裹着悲伤。

你竟然接了我的电话!我们沉默着,然后一起哭泣。

你答应见我，让我感到异乡的一丝温暖。

我站在窗前，在街道中搜索你的影子。你出现了，世界瞬间又恢复了可爱和靓丽。我连忙刮了刮胡子，用洗面奶清爽地洗了把脸。我盯着镜中的自己，试图卸下这几天沉积的憔悴和疲惫。

你迈进房间的第一步，像一个失而复得的梦降落在我的世界。你的眼睛肿肿的。我知道，你并不比我好过。

我握住你的手，冰凉的，苍白的。凝视着你掌心的曲线，是怎样地纠缠在我的生命里。我必须抓紧记下，这幸福的地图。唯恐下一秒，你会突然消失。

总是奢求电话挂线晚一秒，再晚一秒。总是在说拜拜之后，又赶忙续起一段新话题。可是你在眼前时，却噤声了。我们相见了，距离却变得更遥远。沉默像一滴一滴落下的松脂，会把我们冻结成万年的琥珀。如果能和你在一起，我宁愿。

你开口说对不起。然后靠在我的肩上。我的记忆被温热。所有关于你的章节在我身体里华丽地舞旋。第一通电话，第一回相见，第一个亲吻，和第一次告别。

我知道你还是爱我的。你说在校门口见到我的那一刻，心被瓦解了，我们的爱情又坚强地复活了。

你说你爸妈发现了我们的异地恋，逼着你和我断绝联系。然后又急匆匆地为你采购他们中意的男人。这已经是你的第三次相亲。

呵呵，傻女孩。你的乖巧和柔弱，从不是我的专属。你的弹性，是为世界预留的短板。所以，你赐予了我委屈和悲哀。

你说出私奔两个字时，我感动得泪如雨下。我把你抱在怀里。我为你而蛰伏的欲望被唤醒。我顺着记忆的脉络温习在你身上留下的痕迹。

你说不能。我不懂。我抚摸着我最爱的肌肤。直到触到那一角的护垫，我才明白。你无辜的眼神，熄灭了我的坚硬。

永远地，我被屏蔽在你的身体之外。

我们相拥着入眠。早晨，你说大四已没什么事，回校准备妥当后，就跟我走。

我心潮澎湃地等待着。我决定，天涯海角，有你的地方，就是家。我们像英雄一样，将带着自己的爱情从重重阻隔中突围出来，远走高飞。

而这突然的盲目的狂热，立即被证明是一场错误。

你妈打来了电话，说要见我。在约定的咖啡厅，我见到了她。其实她是位慈祥而温切的阿姨,只不过为了女儿的幸福,而变得狰狞。可是谁的父母不是呢?

她说我能跑这么远来找你,她也很感动,只是我们真的不适合。

我冷笑了一声。暗暗在心里奚落她,你的女儿马上就要跟我走了。可是当我看到她染满风霜的眉角,和我妈妈的一样时,我的胜利感消失了。

她说她就你一个女儿,看到你为找工作而奔波,为异地恋的相思而煎熬,她很心疼。而我又何尝不是。

她说她希望你能一直留在身边,你是乖巧的小棉袄。你上大学的这四年,家变成了冷清的空巢。所以知道你有个千里之外的男朋友时,她很恐惧。

阿姨的眼眶聚集了一层泪膜,似乎马上就要滚落下来。我动了恻隐之心,但还没有妥协。

我跟她说我能给你幸福。这是我和她力争的唯一论据。

现在想来,击垮我的并不是她接下来的一番话,而是冰冷而残酷的现实。

她质问我拿什么给你幸福。我是纯粹的三无人员,无钱无房无车。我连摆脱这种困境的希望的苗头也没有。

她说将来你们的孩子怎么办。你的父母和我们怎么办。任何脱离物质供养的情感和婚姻都是妄想,我们的际遇纯粹是一场荷尔蒙冲动。

你妈最后的一句话是恳求我放手。然后走了。

我呆呆地坐在那里。不得不承认,你妈是对的,她用几十年的人生经验现身说法。我给不了你幸福。我们在一起的未来,可以轻易地预见,渺茫而艰辛。

所以,我弃权。你能幸福就是我爱你的全部要义,不是吗?

我终于明白,我们的异地恋就像一场豪赌,距离不停地出老千,现实又赢光了所有的筹码。当我们裸身从赌场出来时,发现自己已一无所有。

王小波说,痛苦本质上是对自己无能的愤怒。

我痛苦而愤怒着,在没有后悔之前,写下这凌乱的文字,作为我和你唯一的告别式。

我买了回去的车票。请原谅我不告而别。我不知道要不要把这几页纸寄给你,或者干脆扔在火车外的风里。亲爱的,你是我今生最美的遇见。只希望有一天,我在玩射击游戏时,突然有一个女孩蹦出来,和我喋喋不休。

火车将在凌晨出发。但是成都,今夜请将我遗忘。

结　石

　　黑夜像块巨大的海绵,吸饱了他的落寞和思念,又一滴一滴地淌在他的头顶。

　　他终于明白,最腐蚀生命的不是时间,而是思念。对凌的思念,像不断长大的抱团的白蚁,正啃啮着他的官能。他闻到一股糜烂的潮冷的芬芳,从凌的墓地散逸出来。联络着他们两个维度的空间。

　　他打开灯,墙壁上镶嵌的宽广的落地镜静静地打量着他。三个月来,他已暴瘦了二十斤。二十斤的血肉,是已风干的思念。深深的锁骨像只孤单的蝴蝶,横亘在大部分知觉已模糊的躯体上。镜中的倒影比房间里的装饰更温和更明亮,仿佛那才是一个真实的世界。不知道里面的那个人，会不会在思念发作的时候，也只有把自己浸泡在酒精里，才不会感到疼痛。

他的衣柜像礼服展览会。随手一件，价格可能比这座城市的小白领一年的工资还要高。但他只对一件蓝色窄领西服情有独钟。这是凌亲手为他挑选的。衣服上有凌的气息和温度。她的修长的白玉般的手指曾经临幸过它。它便有了生命和血液。不像其他礼服，只是一团死气沉沉的布料。

他走出寓所。这幢雅致的别墅像患了洁癖的精灵，隐匿在寸土寸金的城市中央。八百万的幻影跑车闪烁着优越感十足的华彩，像只硕大的蟑螂幽怨地停在他前面。他钻进它的内脏。踩下油门的那一刻，他听到风败退的声音。速度是一种心情，与位移无关。

前方是一个十字路口，红灯一秒一秒地倒计时。像某位强权人物竖起中指的挑衅。这种感觉倏的点燃他的愤怒。油门踩到底时，他已掠到了对面。他听到两侧尖锐的刹车声和恶毒的咒骂声。他轻蔑地笑了笑，规则这种东西是俗人们的妻管严。他对规则不屑一顾，束缚他的只有万有引力。他一直在琢磨一种方法可以逃脱地球。

一圈华丽的漂移，车停在一个井盖旁边。他的目光凝固在这块圆形金属上。井盖下面，是这座城市的下水道。他进去过，像一座恢宏的地下宫殿，是这座超级城市优雅的大肠。据说是租界时期德国人建造的，殖民记忆就潜藏在里面。也是和凌相遇的地方。

　　那是一场神秘而疯狂的派对。十几个富家子弟千金厌倦了地表，在一个漆黑的夜里钻进了下水道。手电筒发着感冒了似的光，斑驳的石壁如一幅超现实主义涂鸦，遍布着诡异的宗教式的唠叨。秽恶的气息拍打着每个人的知觉，他们在这异度空间寻找着越来越奢侈的感官刺激。平庸是这群怪物们最禁忌的词汇。他们每天都在人群的头顶或者脚底从事着极限运动。

　　不知哪个女孩的尖叫搁浅了行进队伍。她的回音在耳边像弹簧般做着伸缩振动。大家顺着她的手指看到一具人体。优柔地像船一样在水面静静摇曳。每个人的喉头哽着一枚腥甜的鱼刺。兴致顿时向着反方向龟缩。女孩们惊恐地抱成一团。只有凌悠悠地直视着它。他看到她长长的弯弯的睫毛，像一串柔婉的春光。一个胆大的胖子移步向前，突然放声大笑。他用脚踩踩，说这是个模型，哪个道德败坏的孬种设的埋伏吓唬我们。

　　他们在一块空旷的地方进入主题。一毫升白白的液体顺着针筒注入血管。身体中突然就像有一条快乐的蚯蚓游窜在四经八脉。嘈杂的音乐响起，像张艺谋电影中纷飞的乱箭精准地扎在每个人的神经上。凌乱的步调是身体最原始的舞蹈。这群超前开化的新青年抓回了透支的快乐。青春的唯一用途就是拿来消费。

他们忽然听到警车豪气的鸣叫。一个凛冽的讯问从井盖处传来。是一个被这群地狱魔鬼吓坏了的居委会大妈报了警。他们被带出来时，大妈在路边虔诚地焚香。凌的脸荡漾着潮红，像一种隐喻。关于爱情。

钱是一切大门的钥匙。他和凌最后两个被放出来。她的眼神飘忽而纯净，有一片白云的倒影。仿佛世界在她眼里，只是漫不经心的遐想。他终于找到那种感觉，离开地球的感觉。一种放逐而超脱的意境。从此无法自拔。

如今，凌已变成一阵气流彻底离开了地球。这是一种被上帝理解错了的生命的歧义。简直无法原谅。他的某根肋骨又开始隐隐作痛。他发动跑车，酒精是唯一的解药。

这是一个超级豪华的地下酒吧。像这座城市粉红色的私处，暗暗地在午夜绽放。色彩斑斓的旋转灯像种翕动的呻吟。熏暖的空气中有种罂粟香的爱液味道。这里的每一个人都是寄生于此的滴虫。他们自诩为猎手，也是潜在的猎物。被白带般的音乐牵引着神经。暧昧俯拾即是，情调大肆泛滥。城市因为有了这群幽灵而另类、抑郁和失常。最形而下和最形而上的东西在此相克相生。

凌常常安闲地坐在那里，不经意地看着舞池里男女的骚动。浮华只是她瞳孔中的掠影，来不及成像即消弭于无形。他记得凌无论喝多少酒都不会醉。她是这样的一个异质体。一分子一分子的乙醇只能在她脸上激起一抹淡淡的红晕。提醒着凌隶属于这个尘世的单薄证据。深处人间烟火，却丝毫不染。她的生死似乎注定只是一道简短的逻辑推算。

他的味蕾已分不清烈酒和咖啡。凌走后，他就一直选择坐在这个角落。看着蠕动的人群，就像是观赏一场荒诞的没有情节的舞台剧。所有知觉被填满的感觉令他迷狂而躁动。在意识被酒精扑灭的前一刻，一具柔软的女体落在他的腿上。被液体灌满欲望的身体早已渴望这样的触摸。膀胱之处似乎燃烧着一团火焰。如果没有女人的拯救，他会灰飞烟灭。

酒吧老板早已预测到所有恶俗的桥段。两侧有很多房间。可是找到一处空荡的房间却并不容易。旁边刚刚走出一对完事的男女。他们的表情同步伐一样踉跄。他和女人顺手带上门。空气中有一种滴眼液的芬芳气味。是肾上腺素的催生马达。谁是主动谁是被动全然不重要，律动相谐撕咬狠劲才是关键。他们奋力耕耘着这种古老的肉体游戏。一首歌的名字叫 God is a girl。显然是一种歪曲。只有男人才有这种下流的创造力。所以 God must be a guy。

最后五秒钟是男人最无能为力的颤抖。如果这种颤抖可以无限延长，男人们将不再从事其他活动。视野逐渐清明，他看到女人迷离的眼。被汗液糟蹋后的妆容出卖了女人善变的脸。像一种欺骗，不比男人的制造谎言的嘴高尚多少。她甚至可以说很不好看。他从钱夹里掏出一叠钞票扔给她。女人的眼中旋即露出被侮辱的怨恨。但这些红色小纸片是那样诱人。她接过去像团黑色的雾散出房间。

耳边有多喧闹，内心就有多死寂。关于凌的记忆已成了肉体深处的结石。如果要粉碎它，只能连他整个摧毁。他不允许丝毫的杂质渗入这颗结石。余生的唯一使命就是维护它的一尘不染。

凌喜欢躺在车篷上仰望蓝天。微风像只手艳羡地抚摸她的百褶裙。她的兰博基尼蝙蝠甚至比他的幻影还要酷还要炫。冬日的午后阳光温柔而忧郁。凌的慵懒而优美的身形是一种天然的写意。太浓艳的词汇绝不适合她。尽管她有时也穿很绚丽的衣服。她太像一朵轻飘飘的蒲公英了，那么随意地拂过他的生命的流苏。

可是这种轻是一种力量。一种温柔的无法抗衡的力量。当他发现已被绞杀得不剩一点自由时，已经回天无力了。生命的本义已经失真，他想他就是为她而存在的。她消失了，氧气和营养也跟着断绝了。他的越来越颓弱的脉搏时刻在提醒着他，他正走向凌的坐标。他的心脏突然幸福地跃动了一下。

黎明正在抢占天空的领地。宿醉还黏黏地贴在意识层上。此时酒吧像个浑浊的池塘，到处横躺着死鱼般沉睡的男女。他钻进跑车抽了一根烟。油门一踩晨风开始唱歌。他向住处的反方向驶去。他准备绕一个很大很大的圈。奔跑还可以唤醒些微丢失的知觉。

前方一个陡坡挡住了视线。他踩紧油门，车飞如箭，仿佛要去射杀一个敌人。跑车在半空甩出忧郁的抛物线。最高点时凌的脸深深扎进脑海。

那次坐过山车，凌坐在旁边。张牙舞爪的立体轨道像一个阴谋。一旦坐上去,系好安全绳,身体就不属于自己。缓缓开驶的车子像一种劝慰。在速度中突然变成狞笑。人们的尖叫混乱地在空中盘旋。这种感觉像是去地狱赶集。在轨道的制高点,他看到凌安详的面容。她在轻轻地笑。像一朵静止的莲,在飞速落体的空间。

跑车坠地的那一刻,摔碎了脑中的幻影。路两旁的油菜花一望无垠,黄黄的柔柔的在风中招摇。他摇下车窗停车观望。空中弥漫着香香甜甜的花粉。飘浮在耳旁,像女孩子甜腻腻的悄悄话。春天绚烂地绽放了,凌永远地留在了身后的冬天。那个冬天,不寒冷,只凄凉。

花地里突然闪出一个人影。单薄而修长的,在路边蹦蹦跳跳地前行,一只手悠悠地拂过花尖。是一个女孩。头上插着几朵油菜花。乌黑的长发沾染着点点花粉。一条麻花辫藏在发丝中调皮地甩动。她的纤细的洁白的脚踝裸露着,没穿袜子,小小的脚蹬着白白的鞋子。他的心突然有一丝回暖。麻木的神经漾开两三圈暖暖的涟漪。他想起他是喜欢光脚丫的女孩的。为什么这样的女孩能激起内心的爱愫,他搞不清楚。只是没有来由的异常的喜欢。

这是个已经硬化掉的条件反射。此刻突然苏醒。女孩沐浴在欢乐的阳光里,身影渐渐缩小,在一个拐弯处突然消失。仿佛一个美妙的梦突然被揉碎。

他启动车子,转向女孩的方向。心弦在甜蜜地颤动。他捕捉到一丝飘渺的线索,关于这个世界的积极的美丽。凌的美归根结底是伤感的。

女孩重新落在视线里。她弯起身子,轻轻靠近一朵斜出的菜花。手掌倏的合在花上。他听到两声娇娇的笑。她把双手靠近鼻尖轻嗅,突然放开双手。一只白色的蝴蝶在她头顶翻飞。女孩轻盈的脚步继续亲吻着大地。像一只更漂亮更轻巧的蝶。

他不经意地笑了两声。感到一点两点微弱的快乐,但迅速被灰色的思念吞没。他丧气地敲了一声笛。女孩转身回望了一眼,脚丫继续谱起天然的音符。他看见女孩的脸,稚嫩而俊俏的,带着天真纯白的表情,甚至和凌有一点相像。

女孩再次拐了个弯,身影被油菜花遮蔽。前方是一个村庄。质朴的青瓦房以佝偻的卑微的姿态,和这座日渐妖娆的城市叙着旧。跑车刚拐进弯,女孩又转过身,露出狐疑和防备的表情。突然像只受惊的小动物,迅捷地奔跑起来,蓦地消失在一座厂房里。

完全没有来由的悸动。他拿不定主意要不要跟去。脚掌忽略大脑的纠纷，直接踩下油门。这是一个砖厂，女孩消失的地方。他下车进去。一排一排的砖块堆成一个荒芜的迷宫。是个捉迷藏的好地方。他迫切想看到女孩，找不到理由。一种即兴的刚性需求。美丽的女孩，再让我看一眼。

一处小屋前，面容邋遢的工人们排着队打饭。他们手中的碗同衣服一样褴褛。有的是边底已经锈掉的搪瓷缸。关于这种容器的记忆缓缓从脑子里蠕动出来。小时候父亲送自己上小学，行李里就有这种碗。总是带着金属的又冷又腥的气味。硬币扔在里面会发出童话般清亮的声响。而这东西同贫穷一起成为了历史。突然有一天，他发现父亲的车里全是钞票。如今，父亲的财富已可以为全世界的每一个妙龄女人买一打卫生巾。钞票于他是一种虚弱的概念。他的一切寄生在这种概念上。

工人们的跟眼屎缠绵着的目光怔怔地盯着这个外星人。他们因为一种纸片而生活在两个星球。没有人告诉他们，还有他，这是为什么。他们生活在本能里。离开地球一公分的距离都会有高原反应。

他的视线穿越黏稠的目光，看到了女孩。她拿着勺子正在给工人们打饭。她的确和凌有一点相像。甚至眼睛比凌的还清澈。她也看见了他,表情里还是狐疑和防备。最后一个工人打好饭后,他缓缓走过去。女孩冷冷地看着他,说你也要打饭吗?他闻到一股温暖的馨香。她的面前摆着白米粥和馒头。他确实有一点饿了。他点点头。她说可是你的碗呢?她的声音好听如银铃,从她薄薄的嘴唇飘入耳际。他说我没有碗。露出一个抱歉的微笑。女孩说反正也打完饭了,你就着勺子吃吧。女孩生动而古怪地一笑。

他从她手里接过勺子,在锅里盛了一勺。温度刚刚好,他仰起头一饮而尽。好久没有犒劳过自己的胃了。三个月来,饮食只是一种象征。象征着他和这个世界的微弱的物质循环。他拿起一个馒头吃起来。麦芽糖的甜香从舌尖慢慢扩大。像一朵朵幸福的小花开在舌苔上。这才是生活的原味,粗砺但真实。多年前他也喝着这种粥,吃着这种馒头。可在纸醉金迷的泡影中渐渐丢失了最质朴的幸福。

女孩嘻嘻笑了几声。他回过头看她。女孩笑得更欢了。她的脸上飞上一抹可爱的晕红。他也跟着她笑。他突然感到胃里很舒服,动脉里噼里啪啦地制造着能量。女孩说你的额头嘴上都是饭粒。她还是捂着嘴笑,从口袋里掏出一只手帕递给他。手帕上有种温暖的清香。是女孩洁净的透明的体香。他擦拭干净。突然感觉思念的浓重的云层被阳光穿透了一角。

女孩说你也是来这里打工的?可是一点也不像。哦,你还开着车呢。他说我只是路过,你呢?女孩说我在这里打散工的,就是每天到饭点的时候打打饭,然后洗洗锅。他说你不要上学吗?女孩说我今年高考,现在出来赚点学费。他说还有两三个月,那现在应该是复习的关键时期啊。女孩说我早就复习好了呢。他说你叫什么名字?女孩说铃铃,铃铛的铃。他自言自语地说凌,铃。他分辨不清口中吐出来的笔画。思念倏的袭来,但瞬间被女孩的笑靥融化。他安全了。女孩是镇邪的神。

他们沿着小路漫步。油菜花纷飞着恣意的芳香。他的幻影跑车停在黄色的海洋中,像一只丑陋而笨拙的蟑螂。强烈的违和感,让他突然想踹这个大铁壳一脚。

铃铃在路边摘了几支狗尾草,编了一只兔子,轻轻弹它的耳朵。嘴角认真地笑。凌也亲近过这种植物。她躺在车顶,一点点地把它撕碎,撕碎,然后随风零散。白色的忧伤从她指尖滴下。

铃铃说好看吗？他点点头，说你需要多少钱，你爸妈呢？他从皮夹中掏出厚厚的一叠钞票。他突然感到这些无穷无尽的废纸还是有点用途的。铃铃的眉毛轻轻一蹙，说我不要你的钱。然后轻灵地跑开了。

凌也很轻。不单单指体重。是他生命中不可承受的轻。不用任何凭借，凌在海滩的水中不会下沉。慢悠悠地漂浮，像一朵凝固的浪花。他撑着游泳圈，惊奇地看着她。有人称出人的灵魂的重量有二十一克。而凌的灵魂一定没有重量。像一枚透明的气泡，所以沉不下去。他想，这二十一克一定是俗世的尘垢，而凌没有。凌带着轻而虚无的自由，自由了。却留给他满身的镣铐。

铃铃和阳光的属性相同。只是短暂的初识，就融化了他心中阴霾最坚硬的部分。这是一种更大的力量。这是生命的本义。她跑到他旁边，说我要去工作了，中午了。他说我回家一趟，和你一起工作。

这是个突然的决定。他要把自己消失掉。回到家，他脱下这身蓝色窄领西服。凌亲手为他选的。算是凌赐予他的唯一的遗物。可是却关联着最疼痛的章节。

那天参加朋友的婚礼晚宴。凌的目光落在厅前的摇滚乐手上。一直没有离开过。她的眼睛里跳动着浓密的光点。他从来没有见过她这样绚烂的神采。乐手留着一头长发，自信地敲下每一个音节。黝黑的皮肤，一脸胡荐儿。典型的荷尔蒙过剩。他看到乐手的目光有意无意地飘向凌。新人挨席祝酒的时候，乐手唱起了月亮代表我的心。清澈的嗓音回旋在宴厅里，凌竟然没有看到新郎悬在面前的酒杯。竟然那样放肆那样陶醉地盯着一个素昧平生的男人。他喝下的酒是酸的。比醋还酸的酒。他从未享受过凌这样的待遇。

凌去洗手间好像很久了。他有些焦急。乐手已退场，男女主持挤眉弄眼地唱着今天你要嫁给我，让人的疲倦都是甜腻腻的。他来到凉台外透透风，隐约听到细碎的脚步声。一眼就看到两个人影朝地下车库跑去。一种不祥的预感像蛛网一样爬上他的神经。他在犹豫要不要去看一下。他的脚总是在这时候享受一把当家作主的瘾。

车库很暗。好像被谁故意关掉了灯。像一个巨大的陵墓。冷风嗖嗖地直灌进来。他拿出手机照明。突然听到吱吱呀呀的声音。是一辆车在晃动。让他心惊肉跳的是，那是凌的蝙蝠。凌在轻轻的呢喃。一声，两声，三声。像一把利刃，一刀，两刀，三刀地剥着他的心。血从眼睛里落下。落在手背上，滚烫的，辛辣的，像一场炮烙。

车门打开时,他急忙藏到暗角。他看到一个男人走出车库,风把他的长发吹成一面旗帜,不,一把皮鞭。傲慢地抽在他的灵魂上。他想不通那天晚上的怯懦。他的车里一直放着一把尖刀,可以当场赏那个男人十个八个透明窟窿的。他咽了下去,胃里翻江倒海。也许只有这样,他还能活。能假装遗忘着活,活在凌的云淡风轻里。

他的肋骨又开始隐隐作痛。他把蓝色西服整齐地叠好放进衣柜。对凌的思念也开始蠢蠢欲动。落下第一滴眼泪时,他决定再也不穿这件西服了。但会一辈子珍藏它。他想到铃铃的笑脸。他得在危机吞噬自己前看到铃铃。

他把一张钞票塞给的哥就下车了。他一身空空,却从来没有这么充实过。铃铃正在整理餐具。看到他时,惊奇地说你真的来了?她的笑容比油菜花更烂漫。他说我要在这里工作,要吃你天天盛的饭。

老板十分轻易地雇佣了他。砖厂的劳动力永不多余。他和那群工人们一起,钻进了最形而下的尘埃里。一块块成型的泥土在窑炉里咯咯嘣嘣地响。烈火将他心内的阴霾一起焚烧。炽热的汗水滴落下来,是排出体内的毒素。他用恣意的蛮力劳动,消解着思念的浓重。渐渐地,思念变成了一种中性液体，带着凄凉的美感。他还是偶尔会流泪，只是不会太多。一天三次可以见到铃铃。她的笑脸已在心内镌刻成一本诗集。

人是没有多大的差别的。钞票的根本用途就是投机，恶意地把人群离析了层次。临近高考的一天，铃铃跟他告别。她说我今天要辞职了。高考后就不来这里了，可能要去找个更赚钱的工作。他点点头，说我们现在一起去辞职。

油菜花早已被收割。他们在一场美丽的花期里相遇。田野里新生出一颗颗青苗，月光像奶昔一样温柔地流泻。他把两个多月的工钱递给铃铃，说工友们已经告诉我你妈妈的病情了，拿着，坚强的小天使。她的眼睛噙着泪水，说我不要。他说这是我给你发的工钱，每天都吃你的饭，长胖了不少呢。铃铃一笑，他果然胖了，臂膀更结实了。虬结的肌肉突然让她两颊飞霞。他说你一定要考个好学校。铃铃坚定地点点头。她突然在他的脸上轻轻一吻，然后像只蝶一样在清辉里翩翩舞旋。抬望眼，满天艳丽的星光。

他想他已经解开了生命的结。凌的生命是一种苍白的标本，没有现实意义。对她的思念，会一直无休无止的绵亘下去。只是再也构不成侵略，而是一种清凉的浸润。

带着诗意的芳香。

他常常开车去那条公路。凝望着那个谜一样的方位。那天凌的蝙蝠就停在这里。她躺在车篷上仰望天空。她的身形是一种天然的写意。手中零碎的狗尾草掉落在风里。冬日摇晃着忧郁的阳光。他对凌第一次诘问。也是最后一次。嫉妒的诘问。他说那天为什么出轨,和一个陌生的男人。凌还是沉默地望着天,仿佛没有听见。他说你甚至不允许我吻你一下,可竟然把身子给了那个混蛋。为什么,为什么。凌依然沉默。她的光滑的心境,从来粘不上半点的纷扰。他突然很恨她。恨她的云淡风轻。没有一个字的解释,全是冰冷地不在乎。

轻风拂起她的百褶裙。他像一只饿狼向凌扑过去。他的满身肮脏的欲望吞噬了理智。他的手在她身上游走。凌给了他一个耳光,然后跳下来钻进车里。她说我喜欢那个满脸胡茬满身铅味的男人。然后车子像光一样掠走。

他始终无法追上她。她的蝙蝠越来越像个恍惚的影子。是真的蝙蝠,正在吸她的血。天哪,她在干什么?他拨响她电话的那一刻,凌已撞向了横穿过来的卡车。巨大的火焰,像一朵怒放的荼蘼。春天死亡之前开放的最后一朵花。

凌消失了。

铃铃大三的时候，她在杂志上翻到一篇关于山区助学的报道。报道上说一个男子放弃了家族企业，毅然去山区支教。他将一辆豪车的拍卖款全部用于校舍建设。照片上的那辆车，让她想起油菜花里的那个大蟑螂。还有一张男子的侧面照，他在教学生写字。一种温柔的感觉托起了她。夜里她梦见自己嫁给了他。

暑假里她来到这个山区。她在教室外面看到了那个男子。健硕的身影，整齐的胡子和沾染风尘的英俊的脸。黑板上写着一行娟秀的字体，每个字上都标注着拼音。他在教孩子念拼音。

纯净的童声落下时，她看清了那行字。写着，信仰就是灵魂的重量，是我们对抗虚无的唯一所凭的二十一克。

无　　解

　　她的身体像柔软的棉花。如果可能,他想永远融化在里面。

　　他的泪水温暖而苦涩,流在她曼妙的胸脯上。

　　她轻轻抚摸着他的头发,说,清,对不起。离开你的一个月,我想获得他的信任。

　　凌,你已是我生命的一部分,我一分一秒都离不开你。他说。

　　记忆是座桥,通往过去的好。

　　他们来自同一个偏远山村。16岁那年,在去县城高中报到的路上认识。

破旧的小巴像条笨拙的船，游移在蜿蜒褊狭的盘山公路上。空旷的车厢中只有他们两个人，空气的清凉是心中漫溢出来的孤寂。

他久久地盯着这个坐在他前边的女孩。光亮的马尾辫轻轻摇曳，像自家荷塘中悠悠浮动的水草。她穿紫色的连衣裙子，一双纤细的小脚裹在蓝色的水晶凉鞋中。

他靠在青灰色的车窗上，心是快乐的。他从没有这样无礼而贪婪地看一个女孩。

她不经意地回眸。他的脸羞赧的像一抹红。她说，你好。

他是个沉静的讷言的男孩。他痴痴望着女孩的脸，美丽而明亮。

城里同学异样的眼光，使他们觉得自己像这个学校的异物。他蹩脚的普通话，她一个夏天只有两件洗得发旧的裙子，都成了同学们戏谑的笑点。

他和她是两棵飘零的小草，在封闭的校园围墙内渐渐交汇在一起。他牵着她倒行在寂静的操场上，你一颗我一颗地数夜空的星星。他们在大雨的清晨，只穿薄薄的单衣，疯狂刺激地跑。在老师愤怒的呵斥中，他们瞥着对方偷偷地笑。

高考把校园卷入焦躁和窒闷的漩涡。她说，数学像颗坚硬而丑陋的螺丝钉，我看到就头疼。他轻拍她的脸说，那你就看我啊。她说，清，你总是第一名，你一定能考个好学校。转过身的那一刻，她的泪水落在蓝色凉鞋上。

他抱住她，说，凌，我不考了，我们永远在一起。

他们做了个疯狂而大胆的决定。高考前一天，他们偷偷溜出校园，坐上了回乡的车。

清，我怕爸妈打我。她说。

我们不见他们。我们向生长我们的土地告一声别。然后天涯海角，四处漂泊。

我想去上海。张爱玲笔下浮华的上海。我们的爱情需要色彩斑斓的背景。

行，我们去上海。

清新沁脾的空气。栉比错落的梯田。双鸟悦耳的啁啾。漫山遍野的油菜花。快乐的海洋。

他们牵着手奔跑在花丛中。馥郁的花香像童话里的幸福。倦了，他们并肩躺在草丛里，仰望蔚蓝如洗的长空。

她突然大哭起来，怎么也止不住。他吻她的脸，吸吮每颗晶莹的泪。

清，我要你。他们在大地的怀抱中炽烈而绵密地交融。

这一年他们19岁。

下了火车。城市暴沸的物质气息扑面而来。恢宏的建筑张牙舞爪地侵入意识层,山清水秀的田园记忆显得单薄而伶仃。茫然在街心的熙熙攘攘中,像是在被繁华傲慢地凌迟。他们被吓坏了。

刚开始的日子是难过的。他做过保安,外卖郎,快递员。她做过服装导购,超市收银,奶茶妹。

青春是廉价的。一年的时光也只不过换来粗淡的一日三餐。

他依然埋在她馨香的胸口,像个哄不开的断不了奶的孩子。

他说,物质稀释了我们的爱情。凌,我好怕,好怕失去你。

她说,我爱你,清,但我也喜欢 CHANEL, GUCCI, LV。你是我的血液,而这些物质是我的营养。你要相信,我的美只为你盛开。

他说,可是对我们来说,这些东西只是摆在商店橱窗里的奢望。

她说，马上就有了。清，等我几个月。最多一年。他是个70岁的老男人，又有心脏病。他死了我就能继承一笔巨款。

心被愤怒撕扯开来，他重重打了她一个耳光，冰冷地在房间里回响。

两个月前，凭着出色的容貌，她应聘到一家五星酒店当前台，拿到的薪水是他的五倍。

她是夜里上班。他早晨去快递公司上班的时候，她才拖着疲惫和肿肿的黑眼圈回到租屋。下班后，她又上班去了。呼吸着她遗留的幽幽的香气，他感到这个女孩开始变得遥远。想到她会消失不见，他惊慌失措。她说过，贫穷是我们的绝症，我们会在贫穷的恐惧中死亡。

她还是毫无征兆的消失了。整整一个月。濒死的绝望的一个月。

他踉跄在城市豪华的背景中，几乎跑遍了附近所有的酒店，却没有捕捉到她的一毫消息。

终于在今夜，推开门的那一刻，突然看到她慵懒地睡在沙发上，他欣喜若狂，像失而复得了灵魂。

她的嘴角渗出血液，微笑着，眼泪夺眶而出。她说，清，我爱你，你杀了我我也不会怪你。你的才华我的美丽，不应被贫穷的生活磨蚀殆尽。

他怜惜地亲吻她的嘴唇,说,宝贝,我等不了你一年。一个星期都不行。过去的一个月,我就像条被遗弃的狗。我们是一只蝴蝶的两片羽翼,只有在一起才能翩翩起舞。

她说,傻小子,相信我。我的身体从来都是你的。老男人没有性能力,他只是在年老衰颓的弥留前,最后一次炫耀对青春的占有。

他知道,她是个偏执而决绝的女孩。

醒来时,她还是像梦一样蒸发了。

阳光照进老旧的窗棂,细微的记忆颗粒在大脑中飞扬。他在濡湿的枕头上捏起一根长长的发丝,轻轻放入口中,腥甜的。

她走进一幢高档别墅。雕栏玉砌,修竹掩映,流水淙淙。

老男人安坐在客厅的沙发上,眼神像一把锋利的匕首,直插入她的心脏。

你去哪了?老男人说。

她头垂得很低,沉默不语。

宝贝,不要以为我不知道。我可以放你走,也可以让他从这个世上消失。

她紧紧咬着嘴唇。这是第一次，也是最后一次。老男人说。

她像个木偶般被男人牵进卧室。他仰躺在床上，说，宝贝，给我脱掉衣服。

光鲜华贵的衣着里包裹着一具木乃伊般的躯壳。沉淀的黑色素像一颗颗尸斑，散发出腐败而陈旧的气息。坚硬的似已坏死的皮肤像沙漠中的砾石。他已六七十岁了。商场如战场的如履薄冰和尔虞我诈，已早早耗尽他的阳气。他守着几辈子都花不完的钱，躺在黄昏的摇椅上默数风烛残年。

她跨坐在他身上。如雪的肌肤洒落在这副几乎报废的躯壳上。浓密乌黑的长发，抚触着他迟钝而壅塞的感觉道。男人树皮般的手掌贴着她滑腻的脸，被画面强烈的违和感刺激地紧张而兴奋。

他的身体突然有了一种久违的振荡的活力。宝贝，你复活了我死去的青春。或许，你还能给我生个孩子。他激动地说。

她被紧紧按在他的胸膛。听保姆说，这里寄宿着一颗外来的心脏。他随时都可能因为一点异常而毙命。但现在这颗心脏的跳动是强劲的霸道的。

伴随他一阵虚弱的震颤,她的胃剧烈的痉挛。她竭力忍住了呕吐。

她是在一个雨夜被他捡到的。

那时,她刚到酒店工作不久,年轻的男同事们像苍蝇一般围绕着她。风骚的女领班忍受不了男人的忽略。本来她才是这群雄性动物的焦点。女领班骂她,打她耳光,没有缘由。终于她再也无法忍受,把制服狠狠摔在女领班身上,扬长而去。

淅淅沥沥的细雨打湿了她的蓝色印花裙子。淮海路的绚烂在阴霾的夜里没有丝毫黯淡。她突然觉得自己像这座城市中流离的浮尘,呼吸着不属于自己的空气。

清正在做着一个清甜的梦吧。她想。

这个干净纯白的男孩,笑起来就露出整齐的牙齿。他是她奇异的能量和自信,支撑她以卑微的姿态面对生活,委屈着隐隐作痛的青春美丽。

她被商店橱窗里摆放的一双高跟鞋吸引住了。Salvatore Ferragamo。她用不标准的发音断断续续地念着铭牌的标示。鸢尾花紫,像极了她理想中爱情的颜色和形状。精致的蝴蝶结载着她的心,飞向了一个美轮美奂的婚礼教堂。圆润的鞋头发出幽幽的紫光，像两只性感的眼睛。她有一种深深的感动，鞋子和她属于同一性质，蕴藏着最真实的美丽。

隔着玻璃窗，她做出抚摸这双鞋子的样子。她哭了。

喜欢吗？一个沙哑的几乎听不出男女的中性声音在耳边响起。

她点点头。目光没有移动，甚至忽略了身旁这个人的存在。

她站在宽大的落地镜前，仿佛看到一场绝美的舞蹈在脚下蔓延开来。管它陷阱还是谋杀，我，只有我，才配得上这双鞋子的气质。

价钱是清辛苦卖力半年的血汗。但对这个老男人来说，却只是一个沉睡在银行卡里的微不足道的小数点。

FENDI 裙子，CHANNEL 香水，MIUMIU 包包，这些东西像华丽的梦幻蝶子，一小会儿的工夫纷纷落在她的手提袋里。

鸢尾花紫的高跟鞋跟着陌生的老男人，在光亮的地板上叮当作响。一种被称为原罪的东西在体内萌醒。她的心被一种莫名奇妙的情愫撕扯着。

她消失在常规的生活之外。

清在公园的长椅上已经睡了两晚了。房东怒吼着把他赶了出来。他不但交不起房租，还把屋子弄得一团糟。

　　他被腹中强烈的饥饿感勒醒了。那个叫凌的女孩，带走了他的意志他的灵魂，徒留下一具空洞的行尸走肉。

　　他抬头望着夜空的星星，一眨一眨地像她的眼睛。那年盘山公路的小巴上，就是这种纯美的眼神紧紧攫住了他，并缓缓地注满整个生命。

　　地上突然出现一只高跟鞋，在月光下闪烁着幽幽的蓝紫色光泽。蓝和紫，凌最喜欢的颜色。

　　这只落单的鞋子似乎也在幽怨地看他。他听到不和谐的脚步声。向前面望去，一个女人正一高一低地趔趄行走。摇摆的长发预示着她随时都可能侧翻在地。他闻到一股酒气。

　　他和面前的高跟鞋发生了某种微妙的情感联系。喂，你的鞋掉了。他生气地叫道。

　　女人微微一怔，颓丧地转过头，冲他淡淡地一笑，突地跌坐在地上。

　　他捡起鞋子，强撑着走到她面前，为她穿在脚上。这是一只白净漂亮的小脚。

　　他起身离开。女人一把抓住他的手。不要走，不要走。她哽咽地说。

孤独而悲伤的人身上有种相同的气味。他们被这种奇妙的气味牵缠在一起。

他的身体有了种奇异的力量。他抱起她遁入花丛深处，猛烈地占领了她。

她是一个独居的少妇。名字叫桂。经营着一家颇有名气的皮具公司。

清的生活落入了一种不可思议的单调的秩序中。他可以什么也不用干，白天黑夜地躺在桂柔软的大床上，就像漂浮在无垠的大海上。他凝望着天花板，不知道时间的双桨将要把他摆向何处。

桂已经三十岁了。但她可以骄傲满满地在他面前一丝不挂。是的，岁月几乎不曾在她美丽的胴体上留下痕迹。除了一头浓密的柔丝，两道秀气的眉，他看不到其他毛发。她的身体像一颗没有外皮的雪梨，在成熟的季节散发出恣意的醇香。

在她肚脐下面饱满的丘阜上，纹着一朵彩色的牡丹。以一种图腾的姿态标示着这个女人的精神内核。是的，她高贵、优渥、美艳。不折不扣的女神。

你看什么？她快乐地笑道。那生长着一朵牡丹。他淡淡地说。你想亲一口吗？她说。他点点头。

如果说男人是女人胯下的小动物，他这就算一条证据吧。一条幸福的心甘情愿的小动物。

他舔在牡丹的花心。花瓣上正流沁出爱的蜜露，他贪婪地大快朵颐。

当他从后面进入她的身体时，他看到她的左背上有两条疤痕。他轻轻地抚摸着说，这是怎么了。

她像一只快速漏气的气球瘫软在床上，身体因为恐惧轻轻颤抖着。

她想起他的前夫。一个精神分裂症患者。在白天，他是个熨帖温顺的好丈夫，把她的每句话都当成圣旨。可当黑夜降临时，他体内潜藏的暴戾便像猛兽般袭击她，撕咬她。

她在爱与恨的交替中习惯了宠溺和虐待。她是真的爱他。刻骨铭心深入骨髓的爱。

爱的甜蜜可以麻木恨的痛楚。

那天夜里他把她绑起来。一柄匕首在她面前闪烁寒光。他打她、骂她，她早已习惯，可他要杀她，却是始料未及。

她惊恐地在房间里四处蹦跳。厚厚的胶带让她的嘴说不出话。她的后背火辣辣地疼痛,在地板上落下点点血迹。终于她挣脱了束缚,抢起墙角的青花瓷瓶,砸在他脑袋上。瓷瓶里的玫瑰浸在他的血泊中。这是白天他刚刚买来向她示爱的。

外界只看到她的荣华,却不知道她的心患了一种风湿,在漆黑的夜剧烈地阵痛。她需要大量的酒精来麻醉自己。

她经常闻到一种腐朽的气息,像已化为尘土的前夫。她一直认为,自己那似乎永驻的娇艳就来自于这种气息的滋养。

她在清身上嗅到一种阴湿而迷离的忧郁感,暗合了她的需要。前夫的影子,似乎就生长在这个二十岁的年轻男人身上。她不能自已,无法自拔。

她说,亲爱的,我愿意为你放弃一切。他像个旁观者似的看着这个奇怪的女人。

你就在这张床上再待个一年多吧。等你二十二岁时,我们去民政局领红本子。

他不置可否。一年,凌真的会回来吗?

凌趴在马桶上痛苦的干呕。最近她总是犯这样的毛病。她看着雪白的小腹，一种不祥的预感在心头渐渐扩大。

保姆陪她走进医院。这是个五十多岁的中年女人，总是用复杂的眼光看着她。

你很像我的女儿。保姆说。

是吗？她冷冷地说。

她有一双和你一样明亮迷人的大眼睛。但是她……她去年在国外留学时出车祸了。

死了？她看向保姆，这个一向愁眉苦脸的中年女人，眼中闪动着悲伤而慈爱的柔光。她想起了终年在贫瘠的山丘上劳作的父母。他们的生活平淡得像一块抹布，浸泡在无味的时光中慢慢地腐蚀。她厌恶这种生活，她的美丽需要绽放在斑斓热闹的背景之下。

我能摸摸你的脸吗？

这是一双粗糙得没有性别特征的手。她突然对父母产生一种内疚感。

SHIT。她甩开保姆的手。她是恨她的父母的。为何没有征求她的同意，就把她生在这个世上，带着贫穷和寒冷。为何又把她生得那么丽质，难以自弃。性格中的坚硬，让她饱受父母的奚落。

医生拿着 B 超单对她说,你没有事,只是怀孕了。

她受到了惊吓,倏的跑下医院厅前高高的阶梯。阳光像朵有毒的花,她有些晕眩。

她狠狠捶了一下小腹。这里正发酵着一个什么样的怪物。

她蹲在路边,大声地哭泣,大口地呕吐。

保姆走到她身后,轻拍她的背。

阿姨,不要告诉任何人。她哀求地说。

保姆怜惜地点点头,轻轻捋顺她的头发。

你先回去吧。就说我去了巴黎春天。

她躺在躺椅上,两腿张开。医生把一柄锋利的钳子放在瓷盘中。恐惧之中,清的脸愈加清晰,干净的温润的。她突然觉得生命中某些珍贵的东西已被抽离出去。

清,我想你。眼泪从脸庞滑落,苦涩的,像清的泪。

一阵鬼哭狼嚎的叫声惊动了她,正要动手的医生走到门边向外看,厌恶地说,是一个发疯的老头子。

她已知道是谁了。保姆还是出卖了她。她想起她的妈妈、女同学、女领班,恨恨地道,女人都不能相信的。

只是她不知道,可怜的保姆家里还躺着一个患病的男人,她的丈夫。她需要钱。

门突然开了。医生们怔在原处惊诧不已，这个羸瘦的老男人，哪来的这么大的力气。

他的睡袍凌乱不堪。买到保姆的消息，还没来得及捯饬，就一路狂奔而来。

他砰地一声跪在地上，惊恐地说，求求你，求求你可怜我这把老骨头，留下他吧。

他不住地磕着响头，额头上迸出几已凝固的褐色的血。

她茫然地看着他，脸上突然开出冷酷的笑容。这个干枯的木乃伊，竟然在刷刷地掉着眼泪。

他寸步不离地围着她。染了黑发，脸收拾得很干净，穿起了鲜艳的紧身衣。他以一种重生的姿态面对一切。

很少有人知道，他的心已死过两次。躺在摇椅上，他总是想，如果儿子还在，今年三十岁了吧。他的记忆里有条溃烂的疤，时不时流出黑稠的脓汁。他那漂亮英俊的儿子，因为患有精神分裂症，在一个夜里，被儿媳正当防卫致死。他并不恨她，因为他的早已故去的妻子，同样患有精神分裂症，同样被他防卫致死。

命运总是以相同的形式荒诞地重演着。

她一动不动躺在床上。腹部的一团细胞似乎正以光速猛烈地增殖,撑得她大脑一片混沌。像有一股强大的外力把她推上悬崖,闭上眼,她选择跳下去。

桂穿着粉红色的吊带裙子,后背亮着雪白的一片肌肤。她的脸扑上淡淡的腮红,一头长发浮在他胸口。

你像个小女孩。清说。

我就是你的小女孩。桂柔软的喉咙里发出悦耳的声音。

可是我对你没有深刻的印象。如果把你放在女人堆里。我可能认不出你。

为什么? 她大大的眼睛盯着他。

因为一个女孩。我的意识要经过她的脸颊滤出。所以我分不清其他女人的面孔。也记不住。

亲爱的,也许我们需要一种东西,把我缓缓置换在你的感情里。

什么东西? 可以吗? 我已经中了很深的毒,可能已无药可救了。

我们需要的只是一个孩子。孩子可以使男孩一瞬间长大。

他冷笑两声。这个女人越来越奇怪了。

他们都像迷路的船，旋转在感情的漩涡里。找不到出路。看不见未来。只有身体的联结，才能感觉到这世界一摄氏度的温暖。

她的眼泪扑扑地洒落。多年前在丈夫的墓前，她觉得自己的泪腺已尽了一生的义务。而今，眼泪又从感情的深海区苏醒了。这个二十岁的小男人，她是如此喜欢。如果他消失了，她一定会像断了根的牡丹花，瞬间凋零，枯败。

清吃得很少，但并没有消瘦。他把张爱玲所有的文字咀嚼了一遍。张爱玲，凌的最爱。我会给你一半的眼泪，另一半给张爱玲。凌曾这样说。

《金锁记》《倾城之恋》《半生缘》等等。字里行间似乎都有凌的气息。运气好的时候，白纸黑字的书页上，突然会倒映出凌的脸。流光溢彩的好看的眼睛。像两颗水晶。

桂几乎是从卫生间直接飞到他身边的。她捏着的验孕试纸呈现两条鲜明的红线。我怀孕了。她快乐地用嘴唇拱他的脖子，然后把那张湿润的纸卡放在鼻前。她忘了，那上面的液体是她喝过咖啡后的尿。

闭上眼睛，她看到一个婴儿沐浴在柔光中，露出傻傻的呆呆的笑容，蹒跚地走向他们的未来。这种幻想可以让她甜死。

她摩挲着自己的肚皮。他的名字也叫清,好不好。

他沉默地看着天花板,有一圈反射在上面的七彩光晕。视野变得模糊,听觉似乎失灵。他觉得自己像飘动在光线中的尘埃,所有外在的世界都与他毫无联系,包括正在桂子宫里酝酿的小生命。

他看着陶醉在喜悦中的桂,轻轻地说,与我无关。声音就像是从十万八千里外飘来。

凌一遍遍徜徉在张爱玲的文字中,悲伤和快乐在感情里轮流值班,就像是在吃一枚亦苦亦甜的巧克力夹心饼干。

整个高中的课余,除了和清在一起,她就藏在寝室的床铺上,用严严实实的帘子把世界隔绝开来,沉醉在文字里。上海这座城,就蘸着梦幻般的光彩铺散开来。她愈加笃信,将来她也能惊艳绽放。

但当生活像团脏兮兮的乱麻摆在她面前时,她手足无措。她要为自己的稚嫩和虚荣埋单。她被套住了。

她义正辞严地警告老男人不要靠近她。他像个低三下四的老仆,透过门缝观察着她。她身上有一种东西,是他的延续。将要承载他的全部。

没有弹性的感情,注定是悲剧。他们都将是悲剧的韵脚。

今天有客人来,你可以见见他们吗?老男人在门外轻声说。

不见。走开。她怒斥道。

路边的法国梧桐已被深秋染成了黄色。叶子像枯蝶般飘落下来。

桂牵着清的手走进一幢高档别墅。清一副事不关己的样子,悠悠打量着这幢清雅别致的建筑。

这里住着桂前夫的父亲。她的公公。她和公公在亲情之外,还有一种特殊的感情。患难与共的同病相怜。

思念真的是一种病。她曾一度病入膏肓。思念发作时,像有一条条发疯的虫子在四肢百骸中攒动,令她痛苦不堪。她就会来到这里,听公公讲前夫以前的故事。透过只言片语,前夫似乎就游荡在周围的空气里,陪着他们哭,笑,沉默。

爸,你年轻了。桂高兴地说。他的背确实笔挺了不少,心脏也更有律动。

你也是,更漂亮了。

这是清,我的男朋友。

清冷冷地看着这位老男人,他的眼神里有一种和年龄不相称的动感。他对有钱的老男人没有好感。

凌的心弦被微微挑动了一下。一个清字,可以激活她所有的脑细胞。

虽然清还没有到法定结婚年龄,但我们想开一个订婚PARTY。桂的脸上洋溢着新娘才有的娇羞和甜蜜。到时候您也一定来。

当然。他欣慰地听到这位难友也找到了幸福。日子定了吗?他说。下周三。桂说。

清像个局外人。在桂一手炮制的未来中,他一直都是个局外人。桌上的一本《金锁记》吸引了他。他拿起来,一种熟悉的气味拍打着记忆。闭上眼睛,一个女孩的脸照亮了视野。

清。他似乎听到那个女孩在叫他。像他们一起奔跑在田野、大雨、黑暗中那样地叫他。这种感觉是美好的。

老男人指着怔在二楼栏杆上的女孩,对桂说,这是凌,我的太太。

幻念被惊醒的那一刻,清听到四周的空气结成冰的嗞嗞声。他被凝冻在这寒冷中。当他从麻木中恢复知觉时,栏杆上的女孩已经消失了。什么都没有。

梦醒来的那一刻,桂正亲吻他的额头。怎么了?桂疼惜地说。

我要去找她。他是在跟自己说话。他推开她,随便披了件衣服,在路边拦了辆出租车。桂仓皇地叫喊,像玻璃粉碎的声音。她对他毫无意义。

他在别墅门外大叫凌的名字。年轻的血气又激荡起来,他攀过围着的栏杆,手臂被锋利的刺划过一个口子。

月光烘托在一个女孩身上。她穿白色的裙子,身上发着幽蓝的光,静静地站在前面。

他紧紧抱住了她。这一次,我绝不会让你飞走。凌,你是我生命的全部。

这就是那个男孩吗?为什么才三个月没见,就好像过了一辈子。苍老的心一点一点复苏了。

他的泪是温暖而苦涩的。没错。

凌,我们走。她坚定地点点头。他有了股开天辟地的力量。可怖的爱的力量。

身后传来老男人的声音。他大声喊着保镖,保镖。

桂的车停在他们面前,刺眼的灯光像愤怒的苛责。

世界开始骚动,凌乱。他们牵着手东奔西突,逃避一场惨烈的围剿。

一幢高楼的楼道像母亲的产道,延伸在危险而凄惶的夜的末端。他们毫不犹豫地钻了进去。像回到了母亲安全的子宫。楼顶的风在空中盘旋,凌的长发飘扬。

我们再也不要分开。他说。明知道没有你我活不下去。

我也是。我总是那个学不好数学的坏女孩。可再也不要做出愚蠢的举动了。

凌,我要你。

他们似乎又回到了家乡的田野。甘美的空气。布谷鸟的呢喃。一望无垠的油菜花。快乐的海洋。

楼下传来杂沓的脚步声。不一会儿,楼顶的梯口就站满了人。一个六七十岁的男人和一个三十岁的女人跪地哭号。

他们已站在高楼的边缘。快乐地俯瞰街道如常的涌动。成人的世界从来无解,混杂着太多欲望和代偿。他们突围出来,不需要责任。

他们牵着手张开双臂,像只蝴蝶般消失在夜空。

离　开

　　凝凝看了看表,瑶瑶的飞机还有十分钟就到了。干净阔大的航站楼大厅,漫射着莹亮的光芒,把她满心的喜悦照彻得格外剔透。

　　凝凝拉了拉站在一旁嘉年的衣角。他正怔怔地望着刚刚在跑道上起飞的飞机。待会我闺蜜来了,你一定要表现得高兴点。她说。她知道嘉年的寡淡和沉静,会稀释她和瑶瑶久别重逢的欢乐。可是瑶瑶说非要见见她的男朋友,她只好把他拉来。

　　一架写着 AIR NEW ZEALAND 的飞机降落。不一会儿,旅客们陆续出现在接机口。他们身上还沾着南半球冬季的凛冽,和遥远异国美好的清香。凝凝在人群中搜索着瑶瑶。

突然肩膀被拍了一下。她回头看时,只见一个戴着猫眼太阳镜,一手叉着腰,一手拉着行李箱的女孩,酷酷地看着她。她的亚麻色的微卷发俏丽地侧放在左肩上。一身玫瑰红的吊带包臀裙,勾勒出清凉而迷人的窈窕曲线。裸色高跟鞋锋锐的尖头,像是从她香香的身体里探出来的触角,十分挑逗性地撩拨每个人的神经。

瑶瑶!她惊讶地从头到脚轮番打量着这个时尚女孩。

凝凝!女孩摘下太阳镜。两个人又蹦又跳地抱在一起。

这就是你的男朋友吧。瑶瑶说。

凝凝点点头,他叫嘉年。

嘉年腼腆地说了声你好。目光无意落在瑶瑶雪白的臂膀上,眼珠像生锈一样无法挪开。他在心底典藏的钟爱的女明星,在这个光彩照人的女孩前,像一张张泛黄的散着霉味的老照片。他的瞳孔突然失焦了几秒,脸窘得发烫。

瑶瑶走过来重重地在嘉年肩上打了一拳。大声说你要是敢欺负我们凝凝,看我怎么收拾你!然后笑嘻嘻地夸他身材不错。

凝凝忙笑着说，你可别把他吓坏了，我不欺负他就算好的了。

嘉年说不会不会。这个刚从天上落下的女孩的清甜的气息和娇嗔的语气，像一股时髦的春风荡漾得他全身麻酥酥的。

今天太高兴了，凝凝，陪我一起去轰炸人生！

你刚飞了十几个小时，还要倒时差，赶快回去休息吧。

我一点儿也不累。在国外三年了，我要把错过的故乡的精彩全部补回来。瑶瑶兴奋地说。

嘉年拉着行李箱跟在两个女孩后面。他注意着她们的言谈。瑶瑶时不时夸张地手舞足蹈一下。凝凝的个头比瑶瑶高些。她今天特意穿了一件米白色无袖紧身连衣裙。但在瑶瑶旁边，突然像一个哑光的灰姑娘。他意识到这种不自禁的对比时，深深自责了一番。

当她们停在一家高档商场前，嘉年才明白瑶瑶口中的轰炸人生。他把行李箱寄存在前台。瑶瑶拿了一件小礼服在镜子前快乐地比划。他被铭牌上的价格吓了一跳。是他整整两个月的薪水。

瑶瑶从试衣间出来，又换上了一件印花百褶裙。凝凝为她整理裙角。瑶瑶在镜子前摆弄了几下，突然转过身说,咦,你才更适合这件哩。然后硬要凝凝换上。

嘉年提着大包小包,目睹了这场悲壮的轰炸。衣服、首饰、化妆品、包包,全都变成了他手上的重量。

而凝凝从小就领略了瑶瑶的风格。瑶瑶爸爸的那张信用卡副卡,在她的指尖上是万能的魔法棒。所有女孩梦寐以求的奢望,那么轻易地被瑶瑶全部驯服。瑶瑶在收银台结账。她毫不犹豫地为六位数的单子签字时,凝凝的心震了一下。这是第一次。她突然意识到和这位闺蜜之间的令人绝望的悬殊,以至于怀疑她们深厚友情的真实性。

但她瞬即又明白,对瑶瑶来说,金钱只是信用卡里信手拈来的数字。她从没在意识中央打量过那些花花绿绿的小纸片。她没有体味过芸芸众生受着这种东西柔韧的折磨。她华贵的留学生活和旺盛物欲的满足,只是理所当然的习惯。

所以钱很少出现在瑶瑶的语境里。所以她们的友情超然于贫富之上,历久而纯粹。

瑶瑶在商场门口伸了个懒腰。在青黛色半透明的夜幕下,像一只优雅而性感的猫。好饿。她说。他们走进一家欧式餐厅。

好可爱啊。瑶瑶坐在椅子上捂着嘴笑。凝凝看过去,只见嘉年像一个大行李架,正笨拙地穿过狭窄的过道。她也忍俊不禁。

瑶瑶点了几个菜和两瓶朗姆酒。凝凝细细咀嚼着一块七分熟的生牛排。而瑶瑶一边讲着在新西兰的趣事,一边大口大口地喝着烈酒。嘉年则十分安静地抿着酒,眼睛的余光时不时扫一下瑶瑶渐渐嫣红的脸和渐渐朦胧的眼眸。

凝凝去了趟洗手间。回来时看到瑶瑶趴在餐桌上哭泣,裙子洒上了酒渍。她问嘉年怎么了?嘉年有些慌乱地说她说她没有家,晚上不知道去哪里。

凝凝为她擦拭干净,轻轻拍着她的背说,瑶瑶,你喝醉了。然后扶她出来叫出租车。嘉年买单时心头暗暗一惊。这是他吃过的最贵的晚餐了。

嘉年把她们送到凝凝的住处,然后离开。

凝凝租住在一间七八平米的屋子里。这简陋而狭小的水泥盒子,盛满了她成长的故事。她是外地人,五岁时跟父母来到这座城市。一家三口挤在这个温暖的小巢里。就在去年,父母闯荡的激情终于冷却。他们喟叹着被岁月没收的青春,收拾好老旧的行囊,返回家乡,而她选择继续留在这里。她的二十一岁的芬芳的年华,像一束茸茸的根须深植在这座宏大的城市里。

在站台上，她看到父亲微微佝偻的脊背和母亲头上夹杂的白发。心头突然涌上一阵酸楚。火车缓缓开动，生命里某些最珍贵的元素正在被剥离。父母消失在淡淡的烟霭中。生活突然像一个巨大的空洞横亘在她面前。她经历了一段落寞的消沉期，直到嘉年像块温润的玉落在她的手心。她灼灼的青春重新恢复了美妙的律动。

她看着眠熟的瑶瑶。她的脸庞还有两道凄楚的泪痕。每个人的生命都有块脆弱的溃疡。富丽如斯的瑶瑶同样难以幸免。四年前她父亲有了外遇。她那要强的母亲也很快找到了新欢，以示报复。优渥的家庭支离破碎。在父母离婚诉讼的法庭上，她像一件财产被争来争去。从此她的感情成了孤儿。

那段时间她一见到凝凝就哭。她恨死了自私的父母。终于小三成了她的继母，却只比她大五岁。她的家庭沦为暴力肆虐的战场。她曾说她生活唯一的主题就是诅咒。

没过多久她就被父亲送到了国外念书。三年没跟他说过一句话。维系着他们父女的，也只是那张额度永远不见底的信用卡副卡。

瑶瑶出国时，她们还只是穿着校服的高三学生。如今,她们已像两朵怒放的玫瑰福利着路人的眼睛。而瑶瑶更是出落得堪比超级模特。

瑶瑶骨子里是乐观的。家庭变故并没有影响她性格的阳光基调。

半夜里瑶瑶把凝凝摇醒了。她流转着大大的眼睛央求她陪她聊天。她的悲伤风干得比眼泪还快。凝凝只好打起精神听她喋喋不休。

瑶瑶说她又失恋了。凝凝的脑海转过四个男孩的脸。瑶瑶的前四任男友。她给她看过他们的照片。没想到她和第五任的感情更短命。

你换男人就跟换衣服似的,谁受得了。凝凝说。

你不知道,前四任,让我沉痛领悟了中国男人的狭隘和虚伪。他们绞尽脑汁想骗你上床,却又旁敲侧击地打探你是不是处女。好不容易决心和一个新西兰土著长相厮守,结果,结果……

怎么了?凝凝看着瑶瑶云淡风轻的表情。仿佛她在叙述和自己毫无瓜葛的花边野史。

碰到的是一个性欲超级旺盛的怪兽。折腾一晚上,我全身的零件都快散架了。瑶瑶幽幽叹了口气说,我呀,也就是个单身命。

凝凝惊讶地说,你已经,已经……

瑶瑶用烈度更重的惊讶看着凝凝,你不会还没拆封吧?是你冷淡还是嘉年不行?

凝凝瞬间满脸通红。瑶瑶,你说什么呢。我要生气了。

瑶瑶对她上下其手。这么个美人坯子,竟然还没有播过种。我今晚就把你办了。哈哈,哈哈!

凝凝求饶说别闹了。瑶瑶凑到她耳边说,他就没说过想和你上床。

凝凝想了想说,没有。不过有一次他抱着我,呼吸很粗重,我就知道他想干什么了。被我推开了。后来他就再没有出格的举动。

那你一定伤害到他作为雄性灵长类动物的自尊心了。你这样禁锢他的欲望,就不怕他偷吃?

嘉年不会的。凝凝坚定地说。瑶瑶看着她温柔的眼波,仿佛那里浮动着一片旖旎的未来。瑶瑶感到自己对男人的认知受到了某种挑衅。

出乎意料地,瑶瑶决定回家看看。早晨,她们进入一片豪华的别墅群。在 88 号的门牌前,瑶瑶按响了门铃。一位中年妇女打开门,问她们找谁。凝凝记得,她是她家的保姆。

阿姨，你不认得我了吗？瑶瑶说。保姆啊的叫了声，连忙朝着屋子喊，大小姐回来了。

一只萨摩耶犬倏的从屋里蹿出来。围着瑶瑶兴奋地摇尾巴。这只狗还记得它的小主人。瑶瑶亲昵地叫它白白，半蹲下身子抚摸它。一抬头就看到她爸爸欣喜的脸。

瑶瑶爸爸把她们请进屋子，急忙倒了两杯水。然后父女俩不冷不热地寒暄。在凝凝的印象里，她爸爸永远穿着整洁的白衬衫，利落地束在西裤里。他的表情永远端凝而冷峻。眼睛总是泛着炯亮的精光，像鹰隼捕食猎物时的犀利。让人嗅到一股卓越的魅力，而毫无暴发户的粗鄙。

但是现在他的眼睛湿湿的。他用手指拭了拭眼角。这个成功的男人，却是失败的父亲。他小心翼翼地维护着谈话的温度。

房间里走出一个穿睡衣的女人，二十六七岁，惺忪的眼睛打量着他们三人。瑶瑶记得小三并不是这个模样。她突然醒悟，这又是一个成功上位的后妈。

瑶瑶说她想见见妈妈。她爸爸开着桃红木色的卡宴，把她们送到约定的餐厅。不一会儿，一个新潮的贵妇步履矫健地赶过来。她激动地和瑶瑶相拥。然后冷嘲热讽了瑶瑶爸爸几句。他找个借口先走了。

瑶瑶妈妈拿着菜单问她吃什么。目光始终没有触及凝凝。她像一块多余的空气尴尬地坐着。她领教过瑶瑶妈妈的气度。几乎所有关于身世的自卑,都是她馈赠的。她总觉得自己和瑶瑶的友情是一种巴结和攀附。

凝凝记得初中时瑶瑶彻夜未归,却谎说去找她玩了。结果半夜她妈妈找到她家,把她臭骂了一顿。她永远忘不了她妈妈呵斥父母时的凶恶和鄙夷。她的自尊心从那时裂了个口子,至今没有痊愈。

瑶瑶爸妈在早上接到了酒吧老板的电话,她跟几个男生喝得烂醉。凝凝知道她没事后松了一口气,然后泪流满面。她认真审视自己的内心,并无半点杂质。她们从小到大,都是校园里默契的姐妹花。她们沉溺着两个小人儿之间温暖的情谊。而贫富像一道隐形的标签一样把彼此区别开来。她没有告诉瑶瑶那天晚上的事。而洒脱的瑶瑶也从不了解她的疼痛。

瑶瑶和妈妈一起开车走了。凝凝一个人坐地铁回去。上天赐予每个人的悲喜是等量的。她想。瑶瑶的优渥和孤零。自己的素朴和满足。

凝凝是一名幼师。她喜欢呼吸着孩子们温暖而透明的馨香。她乐意用自己的青春,喂养出一茬儿又一茬儿的新苗。而孩子们烂漫的纯真,却是最营养的反哺。

空闲的时候她会给嘉年打个电话,漫无目的地聊天。一种淡淡的依赖和纯白的快乐。可是最近嘉年接电话特别慢,有时无人接听甚至关着机。嘉年说公司出了状况所以工作特别忙。她听出了嘉年语气中的焦灼和抱歉。她的生气顿时变成安慰。而嘉年问她有没有事后,连声再见都没有说就挂线了。耳畔响着冰冷的嘟嘟声,她真的生气了。

孩子们午休时,凝凝一个人坐在空荡荡的教室里发呆。大脑中似乎转动着一张光盘。和嘉年第一次相遇时他傻傻的样子。她痛经时嘉年心疼的眼神和忙碌的身影。以及嘉年抱住她却被拒绝的那个潮热的夜晚。

她珍藏着点点滴滴的平凡的浪漫。嘉年使她的生命温和而不再单调。如果失去他,她想她一定会变成发疯的怨妇,哭,闹,上吊。

瑶瑶打来电话说,她和妈妈在上海的南京路俘获了一堆战利品,问她有没有什么要带的。

凝凝一想到她妈就打了个冷颤。她说没有。然后听瑶瑶兴奋地讲述在全国各地采买、游玩的嗨皮。她笑着说看来购物已经把你的情伤治愈了。瑶瑶却大笑着说,不只是购物,还有男人。突然沉默了三秒钟,瑶瑶的话锋变得萎缩了,最终不得不以一种奇怪的语调结束了通话。

瑶瑶总是以一种侵略的姿态闯进男人感情的雷池,并毫发无损地全身而退。爱情对于她只是快速消费品。奶酪不好吃,她会立即换一张披萨。凝凝可不行,有时挺羡慕她的洒脱的。

瑶瑶的返程已经定好了。她说她得尽快回学校准备论文。启程的前一晚,凝凝、瑶瑶和嘉年一起去 KTV 唱歌。嘉年窝在沙发里嗑着瓜子,安静地看两个女孩一遍又一遍地唱离歌。她们总是飙不上高音部分而憋得满脸通红。他觉得很好笑。

凝凝察觉到瑶瑶和嘉年一晚上没说几句话,目光也互不沾染。想到上次瑶瑶的率直可能冲撞了他,她让话题尽量串连起他们。

第二天瑶瑶爸爸开车把她们送到机场。在车上,瑶瑶从左手腕解下一条千足金水波纹手链,戴在凝凝手腕上。凝凝推辞不要。瑶瑶的右手腕戴着一模一样的一条。瑶瑶动情地望着她,说这是我们姐妹俩永远的维系。我们的友情,要像这对金手链一样永不褪色,无论发生什么,凝凝,答应我。凝凝没有再拒绝。

广播提示音响起。瑶瑶在安检口突然跑回去抱住凝凝,泣不成声。凝凝想到遥远的异国,南半球的寒冬,和太平洋深蓝色的漫无边际的阻隔,眼泪也禁不住地往下掉。

飞机载着凝凝的留恋飞走了。她打算坐公交,但瑶瑶爸爸坚持开车送她回去。她坐在副驾驶座上。这辆炫酷的卡宴似乎比妖冶的美女更具魅惑力,而路人艳羡的目光触及她时,会突然衍生别样的含义。

她不懂。但瑶瑶爸爸懂。他总能精准地辨出人们的情感弧度。尤其是女人。他在商场和情场都是集大成者。当然,他不会错过每个他相中的猎物。他看了看凝凝。玲珑的侧影和楚楚动人的凝思。和他印象中那个赢瘦而单薄的小女孩截然不同。他的心尖泛过一阵小小的悸动。

其实你可以选择过得更好的。他突然说。

什么?瑶瑶回过神来。

我是说,你的青春美貌,可以用最上流最瑰丽的物质来渲染。

凝凝不太捋得清这句话的逻辑。而瑶瑶爸爸的手已放在她赤裸的膝盖上。她穿着瑶瑶送给她的百褶裙。她突然想起瑶瑶家那个穿睡衣的女人。她惊呆了。她猛烈敲打着窗子要下车。瑶瑶的父母对她简直是惊悚的噩梦。

瑶瑶爸爸只好把车停在路边。然后看着这个受惊的女孩张皇地冲进街道的熙攘中。她的百褶裙被微风轻轻撩起。车里的男人幽幽叹了口气。他无奈地掐灭了刚刚构思好的又一个美梦的火苗。

嘉年下班后看到凝凝抱着膝盖坐在家门口,睫毛湿湿的。他把她抱进家里。整个晚上她都在他怀里哭。这是他们第一次同床而眠,却什么都没发生。嘉年问她怎么了?她说没事,眼泪却止不住。而嘉年心中也有着自己纠结的不安。

瑶瑶还是经常打来电话。每分钟八块钱的越洋电话。一打就是一个小时。瑶瑶总是那么健谈。大部分时间凝凝都在聆听,感受着无线电波掠过太平洋的幽蓝和深邃,传递过来闺蜜的快乐和心事。瑶瑶抱怨说她烦死了指导她论文的导师,一个严谨刻板的像上紧发条的复古座钟的德国人。她还说不轻易下雪的新西兰突然飘起了雪花,美得令人心碎。

但最近凝凝感到了某种异常。瑶瑶的话题变得狭窄。她们的交谈会突然中断八九秒。一片令人慌张的空白。她能感受到瑶瑶搜寻话题的吃力和紧张。最终只能兴味索然地挂断电话。

凝凝想是不是瑶瑶爸爸上次的举动,摇撼了她们之间的感情。尽管她从未对谁提起过。但无论如何,这件事投在她心上的重量,使她对外面的世界越来越恐惧。而她越来越沉溺嘉年的肩膀。每个周末她都会去嘉年的住处。像一个贤惠的家庭主妇,为他洗衣拖地做饭。晚上抱着嘉年睡,却限制他的手抚摸在她身上的尺度。

一天她刚做好午饭,嘉年接到一个电话。他说公司有点事,然后匆匆离开。她对着满桌饭菜馨香的热气,食欲全无。下午她拿了嘉年放在抽屉里的备份钥匙,一个人出去购物。空荡荡的超市里,她认真遴选着实惠的生活用品。近来她感到嘉年明显地疏远了。他总是那么忙。

回到家后她为嘉年整理床铺。突然在边角里看到一条手链。金色的水波纹,和自己手腕上的一模一样。她的反应总是那么迟钝,这个世界总是有那么多错乱的逻辑。她长久地坐在床沿上,直至落日的余晖把她的侧脸打成金黄色。嘉年回来了,她急忙把手链握在手心。

瑶瑶在电话里嘻嘻哈哈地讲述着她和新男友的趣事。而凝凝的心情越来越沉重。她突然说,瑶瑶你在哪?沉默蓦地像一股旋风盘旋在电话的两头。瑶瑶说我在学校啊,新西兰。然后若无其事地继续她的话题。

挂掉电话后凝凝疲累地半躺在床上。她把两条手链在眼前晃来晃去。不一会儿沉沉睡去。半夜里她被噩梦惊醒了。她恐惧地给嘉年打电话，哭着问他能不能马上过来抱住她。而嘉年小声地安慰她，似乎生怕吵到了谁。突然凝凝听到一个女人的声音说谁呀。然后嘉年的音量陡然增大，草草地挂断了电话。

第一缕曦光叫醒嘉年的时候，他听到钥匙在门把上转动的声音。门开了，他措手不及地向里靠了靠。是凝凝。他不知道她拿了他的备份钥匙。她的目光像一把蘸满仇恨的匕首。嘉年的床上果然有一个女人，瑶瑶！她惊惶地用被子盖住半裸的身子。

凝凝冲上去狠狠打了嘉年一个耳光，把手链砸在瑶瑶身上，然后摔门而去。出乎意料地，她并没有变成自己预想中的怨妇。她没有哭没有闹，更不想上吊。她的脸色镇静和冰冷得像一块石雕。她全身的细胞都在呐喊着两个字，报复！报复！

她想到了那个诱惑她的男人。她叫了辆的士向瑶瑶家赶去。她没有想到悉心保存的处子之身，将会沦为报复的道具。她站在88号别墅的门前，手指在按下门铃时剧烈地颤抖。她突然惊醒,然后像虎口逃生般拔足狂奔。

失去仇恨的支撑,她跌坐在路边的石阶上,抱着膝盖痛哭。友情、爱情和美好的未来,统统化为灰烬。她觉得自己像个一无所有的乞丐,接受着路人怜悯的目光。

手机又响了。她已拒绝了瑶瑶的 18 次来电。这次她接通了。瑶瑶不住地哭诉着对不起。她心如死灰地说对不起有用吗?你一直在骗我,你根本就没有回学校。没想到你这次回国,竟是来霸占我的幸福,毁灭我的未来的。

瑶瑶说真的对不起。我没有想到事情会发展成这样。起初我只是想试探一下嘉年。可是,可是我却喜欢上他了。我被他身上那种憨憨的可爱打动了。我从没遇到过这么明净的男孩。我明白我真正需要的只是一个可靠的温暖的怀抱。对不起,凝凝,我不求你原谅我。我会立刻飞回新西兰,永远退出你和嘉年的世界。

就算自己是个受害者,凝凝还是在聆听。她在后悔,当初选择留下来,是错误的。她无法正视这血淋淋的背叛。

她在幼儿园忍着眼泪为孩子们上完最后一堂课,回家黯然地整理行李。她觉得自己的姿势一定和父母离开时一样悲伤。她细细打量着这个盒子般的房间,装满她成长中的哭和笑。她知道墙上每条划痕的由来，知道墙角栖居过几只蜘蛛。而今天，就要说再见了。

凝凝望着窗外，街道上永远重演着车水马龙的单调的剧情。一股清风吹来，她突然觉得自己像一根连根拔出的小草一样，被抽离了这座城市。附生在这片土壤上的所有故事，在脑中飞快地转动。在为记忆打上死结前，她轻轻地说，嘉年，再见。瑶瑶，再见。

逃

　　安安站在窗前。窗外的樱花开得正盛，像一场恣肆在春风里的绚烂的舞蹈。

　　温暖的阳光拥抱着校园。她看到草地上散布的依偎的情侣。他们的表情正和春天亮丽的节拍一致，在大地上涂抹着甜蜜的芬芳。他们的亲昵那样浓密，仿佛全世界只剩下幸福。

　　但她总是对这样的画面过敏。她的鼻头有一丝酸楚。她把目光缩回寝室。三个室友，都去赶赴春天的约会了。唯有她落了单。她被囚禁在孤单的世界里。对她来说，爱情是一个带着芒刺的词语。她触摸不到它的形状和温度。它像一件奢侈品一样，时不时地从生活的缝隙里冒出来奚落她一顿。

生活的艰辛,几乎没收了她所有的遐想和憧憬。她的精神上的上层建筑一片荒芜。眼泪开始往下落。这是一种吃里爬外的东西。她不承认自己在哭。为了拮据的家庭和将要高考的弟弟,她不能让外在弱化自己对生活的抗力。她把脆弱和投降这些没骨气的字眼屏蔽在知觉之外。

她用冷水洗了把脸。然后坐在自己的桌前整理情绪。室友的桌上摆满了各式各样的化妆品,而她的桌上只有从图书馆借来的一沓厚厚的书。她需要这些东西来驱赶本能对命运的喟叹和嫉恨。

她喜欢翻些卡耐基、乔布斯励志的书,细心地搜索和她的悲喜相同频率的内容,让自己有一种抱团取暖的感动。她也喜欢安意如的诗品,梨花般纯洁的文字,幻化给她一个暂时超脱的境界。

还有一本叫做《上海宝贝》的书。她不知道当时为什么借它。从翻开的第一页开始,她就被一种香艳的风暴袭击了。她的心跳加速,面颊潮红,身体的某部分膨胀而灼热。她立刻合上了它,并压到了最底下。她感到这本书散发出一种邪恶的危险。像在自己苍白的青春之上猛泼了一盆凌乱而妖冶的颜料。但她又不知道为什么舍不得还掉它。所以这本书就一直非常莫名其妙地闪烁在她注意力边缘。

她扎好马尾辫,对着镜子向自己笑了一下。接下来还要去做兼职。今天是在服装店做促销的最后一天了。想到晚上就能拿到这一个月来的薪水,她兴奋地说了声 YES。

她从不化妆。她的衣服洗得褪色。所以走在校园里,她是很多女生眼里的怪胎。当刚进校门的大一学妹就开始害羞地抹上淡妆,小心翼翼地在校园里招展风姿时,她们是无法理解这位大三学姐的素面朝天的。她从不知道自己在男生眼里是什么风景。多半是煞风景吧。她很少审视自己的美丑,她只知道上天就造就了这么一个人。被命运的齿轮硬推着走。

一个男生出现在她的视野。并瞬间占领了她的意识。她感到一种无法自持的凝固。像被镶在一枚千年琥珀里,血液和呼吸骤停。天空像沉重的黑色幕布压在她的头顶。

越来越近。像黏滞的慢镜头。终于和她擦肩而过。一股天蓝色的男性的芬芳。而他的目光只是那样轻忽地掠过她。她突然觉得自己的存在只是一种真空。她早就明白,他给予她的负面启示,甚至比命运还要多。

她回头看了一眼,才发现他的手臂挽着一个女孩。颀长曼妙的身材,和他的个头差不多。酒红色的披肩长发,像一匹华贵的缎子。她似乎看到,在他们路过的空间,飘满了彩色的泡沫,甜得令她发慌。

　　她跑出了校门。在超市里买了一包爱喜。然后蹲到路边的树下发狂地抽起来。她忽然觉得尼古丁是世界上最可爱的东西。像一颗颗薄荷小针欢快地扎在肺叶上。烟圈弥漫出一个不太真实的脸。那个男孩的。和一个不太真实的插曲。

　　一年前的一个无比委屈的夜晚,她伏在校园角落的长椅上哭泣。她对着黑暗孤独地诉说。她正受着崩溃重重的鞭笞。突然感到肩膀上有一只温暖的手。她的面前递上了一张茉莉香的纸巾。她看见黑夜中一双充满怜爱的眸子。一种柔软的力量拯救了她。她扑到他的怀里。她太需要同类的温度了。而他正是她的角色。他善解人意地抚摸她的头发。

　　他说好点了吗?她点点头,立即推开他转过了身。然后她看到他的背影像萤火虫一样缓缓消逝在黑夜里。只是借了一个肩膀,却足以让她感恩一辈子。无数的夜里,她开始孤单的思念。清亮的眼睛,朦胧的脸和那种醇香的温暖。铺垫在潜意识里一层绒绒的安全感。

直到她在校园的宣传栏上看到他的照片。那是他在市高校小提琴大赛中获得一等奖,英姿飒爽地站在舞台中央高举奖杯。脑海中的轮廓立即和他配了套。原来他叫阿海。她的暗恋终于有了坐标。从此关于阿海的新闻就像春天的柳絮一样飘满她的周围。

然而我站在你面前,你却不知道我爱你。她在离他最远的距离遥望着,卑微着,无助着。

她迅速抽完了所有的烟。已经迟到五分钟了。她得在赶到服装店之前,挥发掉头脑里所有的杂念。

她被老板厉声呵斥了几句。但没有激起心情上的任何涟漪。她像往常一样卖力地叫卖。花哨甚至忽悠的口号,吸引了不少人驻足。她把情感打了个死结。她用非常标准的职业化笑容面对所有顾客的啰嗦、刁难和打酱油。在成交的那一刻,她感到微弱的快乐。

晚上十点多了。她整理好自己的东西准备下班。老板关掉灯在门上挂上打烊的牌子。想到马上就可以拿到一笔比较可观的薪水,一身的疲惫陡然剥落。

老板递给她一瓶饮料,夸她今天干得不错。这是一个四十多岁的中年男人。永远在老板娘面前唯唯诺诺。没有不惑男人应有的风度和慷慨。老婆在的时候，他甚至不敢和这位女大学生多说一句话。

但她现在觉察到一丝异常。他的鼹鼠似的眼睛里滚动着某种急切的饥渴。他的目光在她的胸部和臀部跳跃。她下意识地把胳膊挡在胸前。暗暗叮嘱自己，表情肌的弧度再保持最后三分钟。

中年男人数出十几张红色钞票放在桌上。然后故作高深地讲起大道理。她在他飞溅的唾沫星里嗅到了危险。在她分神的瞬间突然被男人抱住。坚硬的胡茬儿扎在她的脸上。一种绝望的窒息感捆住了她。从没有男人碰过她的身子。而现在竟是这样一个猥琐的老色鬼，强取了她和异性的第一次亲密接触。

男人的手捏住她的胸部时，天花板上吊灯的斑斓的光晕投射在她的瞳孔里。像一种烈度极强的嘲讽。对命运的憎恨令她全身爆炸似的疼。一种诡异的力量让她挣脱了男人的魔爪。一巴掌甩在他脸上。他的流涎的口中翱翔出一颗门牙，以非常优美的抛物线落在光洁的大理石地板上。发出很好听的咣当咣当。

她在街道上发拔狂奔。优雅的建筑，柔和的路灯，和妩媚的霓虹，一起组成城市繁华的暗影。像冰冷的看客，目睹着她的破碎。眼泪从来没有这样疼过,像是从心脏瓣膜上撕下的细胞。

她一口气跑到校园角落的长椅上。茫茫宇宙,只有这个平方里存在一种奇妙的温存。泪水流干后是一种对生命的极度乏味。疲惫又开始勒索她。她终于沉沉睡去。魔鬼、死亡、阴谋、怀抱、温柔、芬芳,像藤蔓一样纷乱地缠绕在她的梦里。

她闻到一股阳光和香烟混合的气味,然后醒了。她身上盖着一件黑白拼接雪纺小礼服。一个女孩坐在她旁边,十分悠闲地把烟圈吐在她的脸上。

安安,谁又欺负你了,看把我们伤心的。女孩的脸上挂着戏谑的笑。

给我一根烟。她说。她的脸上挂着两道风干的泪痕。女孩给了她一根,并坚持用自己的烟嘴给她点着。

女孩叫洛洛。染上烟瘾完全拜她所赐。这个女孩像幽灵一样存在于她的生活里。记得第一次和她见面,是在晚上将要关闭的图书馆里。她们坐在同一张桌上,沉浸于同一本超现实主义画集中,而浑然不觉关门大叔的呼喊。空荡荡的阅览室只有她们两个人。因为这诡异的默契,她们相识了。

晚风溶解着桂花香,她们在校园里漫步。洛洛教会了她抽人生的第一根烟。洛洛的特质对她有一种强烈的吸引。而她渐渐发现,洛洛行事放荡,落拓不羁。和她平庸的调调截然相反。在某种程度上,洛洛是她向往的世外桃源。但是她没有资格。所以她一直躲避洛洛。

洛洛还是把每一口烟吐在她脸上。妞,给老娘笑一个。她丝毫不理她的疼痛。

她厌恶地瞪了她一眼。看到洛洛穿着黑色修身背心。稍显黝黑的胳膊上纹着一朵彩色的莲。微露的股沟和肚脐。下身一件黑色紧身九分裤,和一双黑色鱼嘴坡跟鞋。脚趾头上涂着宝蓝色的指甲油。一股清凉而邪魅的性感,令人很想多看几眼。

她把昨晚的遭遇告诉了洛洛。洛洛顿时像愤怒的豹子般咒骂起来,然后拉着她疾走。安,你不能总是做生活的傀儡,你需要像勇士一样亮出你的刺刀。

洛洛一边走一边骂。她的手腕被洛洛抓得生疼。她有些醒悟,逆来顺受也是一种软弱的妥协。她应该站在一个更强硬的高度,来俯瞰外界强加的境遇,像洛洛一样。

路过的男生都在看她们,但主要还是洛洛。她知道她在世界中的配角地位。洛洛饱满的胸脯前有一条迷人的沟,和一身凛冽而性感的着装。

她们在餐馆吃了早餐。洛洛打了辆车径往服装店。她的心剧烈地颤抖,恐惧和愤恨抽打着她。她想起昨晚那种神奇的力量,拯救了她,和校园里女孩挽着阿海的亲密身影。

洛洛一脚踹开了玻璃门。狗日的王八蛋,给老娘滚出来。一边说一边推翻了几个塑料模特。中年男人上前阻拦,一看到安,顿时蔫到一旁。男人的老婆从里面冲出来和洛洛对骂。混乱嘈杂的场面,突然像一出无谓的默剧。她看着她们大打出手,和门外围拢过来的目光,觉得没趣极了。她拉拉洛洛的衣袖,轻声说走吧。洛洛重重地踹了两脚躺在地上的可怜的塑料模特,大声说不把事情说清楚不罢休。

最后中年男人给了安两倍的薪水。看着他老婆提着他的耳朵怒吼时,洛洛满意地离开了。

她来到洛洛的住处。洛洛在大学生涯的第一个月就受不了学校宿舍的规矩,而果断地在外租房。

一进门,墙壁上玛丽莲梦露的裸照就粗暴地闯进了她的视野。整整 12 幅。梦露躺在红色天鹅绒中,自信地摆出各种 pose,像一团妖媚的火。桌上堆满了高级化妆品。

敞开的衣橱里,散乱着花花绿绿的性感内衣。房间里飘浮着一种咄咄逼人的糜烂,令她慌乱。

洛洛粗鲁地把她推到床上。生气地说,安安,你对这个世界的理解如此苍白,太令我失望了,我要好好给你补补课。

你总是作为现实的宾语,接受着各种施暴。你从来没有想过夺过鞭子,痛快淋漓地逆袭一把。

她已经抽完了五六支烟,洛洛还在说个不停。那个夜晚的怀抱,男孩的温暖,萤火虫般渐隐的背影,如氤氲的梦境笼罩了她。她睡着了。

醒来时已经傍晚了。洛洛把一支烟的最后一个烟圈吐在她脸上。说,安,帮我洗个澡,我晚上要出去。

洛洛的身体像一件精美的玉瓷。健康而黝黑的肌肤跳动着光泽。挺拔的乳房有一种挑衅性的傲慢。还有左臂上那朵妖冶的莲。她紧张地移开了目光。

好看吗?洛洛的眼神灼热而兴奋。某种微妙的化学物质在两具女体中迅速滋长。黏稠的呼吸正一点点地蚕食理智。她僵硬在这诡异的对立中。

洛洛的胸脯在不安地起伏。洛洛揽住了她的腰。嘴唇贴到她的脸时被她躲开了。然后她看到洛洛的腹部竟然也有纹身。是一条倒挂的斑斓的鲤鱼,在饱满的丘阜底端开口,两瓣张翕的唇似在轻轻地呼吸,甚至比她面上的唇还要娇艳和性感的,尤物。

洛洛的身体变得潮红,享受着她目光的爱抚。意识中绽放了一朵极其绚烂的烟火。洛洛把她摁坐在地上。然后野蛮地把她的脸箍在鱼嘴上。一种比沐浴露还要馥郁的艳香哽在她的喉头。洛洛发出狂荡的呻吟。她挣脱开逃出了浴室。

洛洛换上一件鲜艳而暴露的衣服。向她柔媚地一笑,打开门走了。洛洛在浴室的举动像一个打不出来的喷嚏纠缠着她。一股莫名的欣快感和耻辱感交战着。她看到走到楼下的洛洛钻进了一辆轿车扬长而去。

洛洛的某些特质是她所向往的世外桃源,同时也是黑暗而暴躁的漩涡,令她惶恐。半夜里她被床头柜里肮脏的东西吓到了。硕大的振动棒和一堆避孕套。梦露突然像一摊汹涌的血眩晕了她。

再也待不下去了。她想尽快逃出这个魔窟。跑到楼下时,她看到洛洛缓慢地从轿车里钻出来。非常小女人地对着车子摆手告别。完全不是洛洛的风格。只听车里的男人说今天的客户伺候好你了吗?洛洛竟十分风尘地说,他的功夫比你差远了。两人同时暧昧地笑了几声。

车开走了。洛洛看到了她,和她问号似的表情。亲爱的,你怎么在这? 快回去吧。洛洛拉着她往回走,被她甩开了。

别碰我。她说。她沮丧极了。原来这个为自己打抱不平的女孩是这样陌生甚至肮脏。她的洁癖感令她作呕。她大步向前走。

身后传来洛洛的呼喊,然后是詈骂。空荡荡的街道突兀着洛洛高跟鞋的敲响,蓦地戛然而止。她回头看时被洛洛逮住了。洛洛赤裸的脚流着血,路上印着长长的血迹,像一串颓靡的燃烧的花。

她挨了洛洛狠狠的一巴掌。拉扯中洛洛揪住她的头发往回走。疼得她眼泪掉下来。洛洛是一头暴怒的豹子。她不反抗时洛洛放开了她。两个人默默地走回住处。

洛洛躲在卫生间哽咽。对她说对不起,你想走就走吧。

她沉默。香烟比任何东西都真实。当房间里的烟雾和凌晨的青黛色一致时,洛洛从卫生间出来了。她的状态又恢复了凛冽、坚硬。

你是不是很想知道我在干什么? 洛洛说。

她不置可否地看着她。

我在做援交。援交,你懂吗?就是卖肉。

她的心有点疼,像被握在一只手掌中。她的目光定格在洛洛身上。她用尽全身的智力也想不透,这个暴戾的女孩怎么会屈服在男人的胯下。她笑了。为什么?

为什么?亲爱的,我的房租,我的衣服,我的化妆品,还有每天几包的香烟,你以为都是从天上掉下来的吗?

你不应该告诉我。

我偏要告诉你。当初和你交朋友,是因为我觉得你就是我原来的影子,懦弱,顺从。但是有一天,我决定让自己的手腕不再孱弱。安安,睁开你的眼睛看看,这个时代,贫富是评价一个人唯一的标尺。我们要做的,就是比别人活得潇洒,富丽。

这不是坚强,是一种更无耻的屈服。

不,安安。如果这个世界强暴了你,你又无力抗拒,为什么不试着享受高潮呢?这是我能想到的最好的结局。而这个浮躁的时代正是一个污浊的池塘,正如我所说的,所有人都把物欲当成游泳圈,在惬意地嬉水。

她回到学校宿舍蒙头大睡了几天。洛洛的话像陀螺一样在脑际飞旋。身体内似乎有一个声音在竭力唆使她承认洛洛是对的。她烦躁极了。

三个室友看她的目光中充满了杂质。她一直是她们眼中的狂人,工作狂,学习狂,男人狂。她们小心翼翼地和她玩着捉迷藏。她为这间宿舍带来了某种令人反感的阴郁。

她看着镜子中蓬头垢面的自己。还是安安吗?一片春天的窗外如此美好。她和这个世界却越来越绝缘。眼泪落下来。从窗台飞下去是什么感觉?生活是一场艰难而漫长的拔河。放开手,就解脱了,也输了。她想到了弟弟。他也许正感念着姐姐的关爱,在发奋学习。她想如果当初自己的成绩不是那么好,就不会上这无用的大学了。

她把脑子里纷飞的念头甩成碎片。坐到椅子上,那本压在书底的《上海宝贝》像带着某种幽怨默默地窥觑着她。她又翻开了它。

这是一个叫卫慧的女人十多年前留下的文字。泛黄的书页上,一个个的方块字发散出疯狂的罂粟香。她像闯入某个禁区般兴奋而紧张。每个段尾的句号似乎都携带着一个糜烂的备注。女主人公像只母猴标本般被德国人摁在墙上搞。她的喉咙的黏膜紧紧贴在一起。女主人公矛盾地游刃在肉欲和爱情之间,直到她的爱人死去,情人离走。她的内裤湿了一大片。

精细的文字,时不时地探摸一下城市的脉搏。像某种超前的预言。作者在那个风气初开的年代就准确地嗅到了欲望在将来的彻底泛滥。有过之而无不及。

半夜她梦到自己像只母猴般被摁在墙上。当看清对方的脸时,她惊叫着醒了。竟然是阿海。然后她听到三个室友异口同声的神经病。

炙热的血液如潮水般起伏。她穿好衣服跑到校园里。清凉的夜色冷却不了她的躁动。像被一根无形的线牵着,她又来到了那个平方。这个角落回荡着只有她才能听懂的爱情咒语。她一根接一根地抽烟。只有这个时候她才属于自己。她要感谢洛洛。她将一辈子都不会舍弃这可爱的瘾。

捻灭最后一根烟头时,她学洛洛骂了声 Fuck。一个月没见洛洛了,还有点想念她。她忽然觉得自己就像处于无人驾驶的轮船上,顺水漂流随时有触礁的危险。而把洛洛的思维嫁接在头脑中,竟会有一股浑厚的胆气。

无烟可抽的她就像鱼被扔到了陆地上。她和沉默的空气处于一种尴尬的对峙。黑夜像一只邪恶的手把一种气泡般的快乐分子聚拢在她的腹下。她把手伸了进去。

她躺在长椅上，双腿有节奏地夹紧、松开。幻想着那个男孩以温柔的重量拥抱她。恩赐她最惊心动魄的碰撞。

体液把夜色洇成腥甜，达到极值时，像有一块巨石砸在了快乐中枢。她在长椅上喘息和颤抖。

凌晨的第一缕曙光射在脸上，她感到无比的羞耻和失落。好像一件丑事被公布于天下。她觉得自己陌生极了。灵魂和肉体忽然不再配套。她陷入恐慌。只有洛洛能拯救自己。洛洛是这座城市里最亲的姐妹。

敲开门时，洛洛穿着半透明的真丝睡袍，两眼惺忪地看着她。然后一下子尖叫起来。洛洛把她拉进屋里，惊疑地说，我的安安，一个月不见，你怎么瘦成这样，我差点没认出你。

她不语，迅速从桌上的烟盒中抽出一根烟。

哪个王八蛋又欺负了你？

她摇摇头。目光很涣散地扫着天鹅绒中的梦露。

洛洛抢过她手中的烟狠狠踩灭。安安，女人不能这么憔悴的。来，我给你打扮打扮。

她像个布娃娃被摆布着。她无辜看着镜中的丑小鸭能被洛洛变成个什么样子。然而当洛洛的眉笔画好最后一撇时，她有些吃惊。飘逸的梨花头闪动着光泽。五官因各自的妆扮而鲜明、精致。颓然的表情让她看起来就像个冷美人。

洛洛从柜子里挑出一件米色裙子给她穿上。兴奋地说,大功告成,绝世美女横空出世。然后故作轻佻地袭击她的胸部。

洛洛拉她上街吃饭。她第一次感到男人们浓密的目光黏在自己身上。她像一抹真正的风景装点着城市。洛洛把她变成一件精美的礼物馈赠给了这个世界。

傍晚洛洛又出去了。她能猜到洛洛去干什么。

上次服装店的事情使她没敢再去工作。赚来的生活费已经花光了。大部分变成了烟灰。弟弟马上就要高考了。她想到了拮据的家庭,佝偻的父母。

黑夜像一盆冷冷的水浸泡着她。当她做出最后的决定时,她松了一口气。而一种新的生存方式的不确定性又横亘在她的面前。

洛洛回来了。她把决定告诉了她。洛洛惊讶地跳了起来。

你可以,我当然也可以。

不,安安,你可能一开始就理解错了我的意思。我是说你可以用一种更灵活的折衷方式来生活,而不是像我一样,把自己做成供男人饕餮的人体盛。

可是我需要钱。

安安,和我在一起吧。我养你。女人天生是一种悲情的植物。她们才更适合相爱。而男人是愚蠢而凶猛的野兽。世界上百分之九十九的肮脏都是他们制造的。安安,和我在一起,永远。

洛洛抱住她吻她的嘴唇。舌头在她口中打转。手顺着她的轮廓游移。洛洛从床头柜里拿出那根硕大的物件塞进自己的身体。她没有拒绝。当一种勇气尘埃落定时,人总是能坦然接受外界的任何风暴。

不要再阻止我。洛洛。我决定了。

你会后悔的,傻瓜。洛洛无奈地挠着头皮。

不会的。只是我想把第一次给我喜欢的男孩,可以帮我吗?

你比我想象的要倔强。好吧,随你吧。只是女人的第一次可以卖很多钱,你确定?

嗯,我只想给他。帮帮我。

那太便宜他了。哼。只不过给他之后,你要彻底忘了他。你的心里只能有我,懂吗?洛洛抚摸着她的头发,眼睛里充满疼惜。

也许他压根就不想要我。他根本就不认识我。是我一厢情愿地暗恋着他。

安安，你太不了解男人了。这种东西的上半身爱上一个女人，至少需要三月五月，可是下半身爱上一个女人，只需要 0.01 秒。

洛洛对这个世界有着老到而毒辣的诠释，还有手段。

洛洛果然把阿海领到了住处，他和她都吃了一惊。洛洛狡黠而迅捷地反锁上了门。阿海没有想到献身的不是洛洛，而是安安。他的目光在她身上流转。似乎她比洛洛更加娇俏而柔软。

她和阿海毫无阻隔地对望着。这是她这一生最幸福最珍贵的闪光灯记忆。阿海穿着浅蓝色衬衫，黑色皮裤和闪亮的铆钉鞋。他永远像聚光灯下的超级巨星矗立在回忆里。

毫无悬念，他要了她。他修长的手指像一种会说话的忧郁。她吸吮着他指尖迷人的半月痕。他结实而绵密的重量，像那个黑夜温暖的拥抱。她的身体循着记忆的脉络和他热烈地应答。似乎他们已练习过很多遍。

她哭了。她明白对他两年的眷恋正在灼烧成灰烬。她对他的爱像一次性的快餐，必须即刻用完。洛洛不允许她再想着男人。她是一个暴君。她有点恨她。

阿海正在穿衣服。她问他还记得那个夜晚吗，温暖过一个伤心的女孩？

他茫然地摇摇头，你说什么？

阿海离开时，她慌乱地在他额头吻了一下。然后转过身默默地流泪。他永远地走了。第一次相融，也是最后一次。

她走上了洛洛的路。每次完事后走在街上，她都刻意地避开男人。男人如狗，满街都有。这是洛洛的口头禅，现在也是她的。她得长时间地泡在浴缸里，来洗去男人在她身上留下的污垢。

她不止一次地问洛洛，她是怎样把阿海弄过来的。洛洛只是轻蔑地说了十个字，免费的处女，男人的德行。然后暴跳如雷地呵斥她彻底把这个男人忘掉。

过去和未来，变成身外之物。除了按时给上大学的弟弟寄去生活费，她别无牵念。她更加剧烈地抽烟。各种各样的烟。男士的，女士的，国内的，国外的。她有时觉得自己纯粹是一具化妆品伪饰下的骷髅。虽然她在男人眼中是香艳的猎物。

这个时代本来就是错的。这是洛洛为自己开罪的理由。但在她看来有些虚弱。总之她在这个时代里沉沦好久了。

窗外飘起了雨。这样的生活像雨一样没有尽头。洛洛还没有回来。她窝在沙发里看无聊的电视节目。一个小有名气的男嘉宾现场拉起了小提琴。画面硬塞进她朦胧的睡眼。她看清了男嘉宾的脸，电击般地坐了起来。然后像有一个长着天蓝色翅膀的梦盘旋在头顶。

她逃走了。她知道被洛洛发现了会打死她。她在污水横流的街道上飞奔。她连夜赶火车去了另一座城市。

晨光温柔地洒在蜿蜒的列车上。她醒了。她对着车窗里模糊的面影淡淡地笑了笑。她没有死亡。是的，她还活着……

冷　世

冷风如刀,以大地为砧板,视众生为鱼肉。

万里飞雪,将苍穹作烘炉,熔万物为白银。

风的快没有我的剑快,雪的冷没有我的心冷。

我披一身湛蓝的斗篷铠甲,挂一柄锋利的寒冰剑,孤傲的眼神饱含放肆的杀伤力。我游移在壁立千仞的悬崖上,杀戮散布的兽。我总是善良而温柔地给它一刀毙命,以减轻弥留的痛苦,加速轮回的脚步。

它们都有一个相同的名字,寂寞。

杀得累了,我迈着踉跄的步伐走到崖巅,冷峻的身姿睥睨天下,却不禁自怜幽独,伤心人别有怀抱。

我是在玩一款名叫冷世的网络游戏。

我上大一。大学生活平淡而直白,像一面不起波澜的眠熟的湖。青春泛舟其中,再难撷拾到美丽的波光云影。触目可望的,是围湖筑起的高高的四角的藩篱。

我把自己浸泡在武侠小说里。古龙浪漫而冷酷,金庸壮阔而磅礴。他们的文字是眼泪的巨盗。我的心跟着情节的弧度荡起秋千。

十八岁的天空,仍然飞翔着不切实际的稚气的白日梦。从小说中积聚的英雄情结,迫切需要释放的靶点。于是,我找到了冷世。这个萧杀的名字一下子就击中了我。冷而不浊,正是我对世界的渴念。冷世满足了我对英雄的所有幻想。

至今我还没搞清楚,当初选专业为什么选的是生物。这门学科告诉我,我的身体只是一群蠕动的蝇营狗苟的细胞。所谓灵魂,只是这群细胞新陈代谢的声音。这真让人沮丧。

所以我和达尔文过不去。任专业课老师在讲台上滔滔不绝,我自潜入老达奠基的大厦中,妄图一砖一瓦地给他拆翻。异想天开是我的特质。我始终无法信服,一种可能被雷电劈出来的古老单细胞生物,竟进化成了会写诗会唱歌的人。这种靠两性器官弥合,来繁衍和取乐的生物,会承认自己是雷劈出来的吗?

达尔文物理防御极强,且拥趸不可胜数,我打不过他。我又找起了法布尔的茬儿。这个有着极其恶劣的恋虫癖的人,一辈子和虫子说的话比女人都多,生生浪费了上帝赐予的性别特权。这倒算了,还整出一本极其枯燥的昆虫记。这是我们专业的必读书目。他要是写一本女人记,获得的声誉一定更高。

最可爱的人,当属秃顶的哲学老师。口沫横飞正昭示他脑子进的水何其之多。教室前三排是危险范围,爱美的女生敬而远之,拒绝来自口服液的滋润。他的天花乱坠,是一场华丽的自慰。

如是,我在青春期的尾巴上,和世界吵翻了。我要把从小习得的价值体系全部推翻,然后重构一套属于自己的固若金汤的上层建筑。而在构好之前,我必须经受迷茫和阵痛。虚拟游戏成了我的避难所。

霜凝谷之战是杀手成长的必经剧情。冷风如刀,万里飞雪,是英雄演绎传奇的绝佳舞台。我胯下的冰蓝麒麟,载我在雪山飘飞。我接到秘密任务,将要剿灭一个雪精联盟。天空飘浮着冰冷的靡靡之音。怪兽星罗棋布,险象环生。加好状态,寒冰剑在手,必杀技伺候。我以迅雷不及掩耳之势,秋风扫落叶般荡平敌寇。尸横遍野,我品尝胜利的甘甜。但我也元气大伤,找到一处清静之地,打坐回血。

我是一个刺客,杀戮是生存的理由。寒冰剑洒落一地冰焰,爆发迷炫的光。

这时我听到纷乱的脚步声。循声望去,一个女孩正被三个雪精穷追不舍。她的角色是医生,低攻低防。在冷世战斗,她离不开别人,别人也离不开她。眼见她的血条急速衰减,英雄情结燃烧了我。

禽兽,放开那个女孩。寒冰剑几圈绚烂的舞旋,雪精的喉咙已被洞穿。它们匍匐在地,喑哑着死亡的殇歌。

女孩悄悄对我说,谢谢。粉红色的字体在屏幕左下角漾满柔情。冰冷的世界涌过一丝温存。她头上的名字叫桃桃。其实她的真名就叫桃桃。蓝紫色的长发轻轻摇曳,像一抹柔软的涟漪。清澈的眼睛凝注着我,精致的脸被凛冽的风画上嫣红的妆。她静静地伫立,像一朵盛放的雪莲。

我第一次这样陶醉地审视游戏角色。我发现,动漫对女孩形貌的塑造,简直是唯美而梦幻的。

桃桃给我喂满血。我说你的任务完成了吗。她说没有。于是我们组了队。霜凝谷被我颠覆。嗜血的寒冰剑愈加锋利。雪精的头颅在雪地翻滚，奏响英雄的凯歌。我的血条始终饱满。桃桃的每次加血动作，轻盈地像翻飞的蝶，我的心好温暖。

那天我们刷了一天的怪。情谊在风雪中生长。我们互加好友，约好第二天准时在此再会。

关上电脑，我才发现夜幕已下。室友远和他的女朋友倩正在打情骂俏。他总是能绕过宿舍管理员老张的防线，把她带到这里。我在他眼中是惹厌的游戏怪。我知道他要干什么。

夏夜的晚风轻忽而迷离。我到餐厅吃了夜宵。大学生的高能量在暗处静悄悄地释放。萤火虫目睹了一处处密集的缠绵。

心想远已经完事了，我走回寝室。却发现另外两个室友清和志伏在门前偷听。他们向我嘘声。寝室的灯是熄着的。床铺的吱吱声，身体的扑击声，女生的喘息声，像一支糜烂的暗曲。

我走到走廊尽头，夜空一轮皎洁。我在想冷世中的女孩，桃桃。幻想总是能带我越过俗世的芜杂，纯净的，甜美的。

倩溜走后,我才回到寝室。空气中有女人的汗香。是盛年小伙子的催情剂。远学的是经管专业,对女人的情欲和消费有独到的见解。世界在他眼中是可以量化的,花多少钱,就该享受多少柔情。你慷慨不求回报,别的色狼不会。他的女人哲学令清和志折服。

清和志是化学系的。我们四个是同乡,所以被分到同一个寝室。他们学的是冰凉的科学规律。而我是跟有血有肉的生物打交道。孤独会在适当的时候降临,和我谈心。

早上醒来时我的内裤湿了。我迫不及待地打开电脑。桃桃的头像是灰色的。早晨的空虚夹带点点落寞。鼠标被我乱点得劈啪作响。我漫不经心地游荡在霜凝谷。屏幕左下角的悄悄话出现时,我的心莫名激动。粉红色的字体散发玫瑰的清香,桃桃来了。

我越来越沉溺游戏。能逃的课全逃了。我和桃桃几乎形影不离。她的跳脱她的纯真令我心动。从屏幕里漫溢出来一种甜蜜的营养素,像深秋的窗外暖暖的阳光。

我觉得人是需要玩一场游戏的。虚拟世界,有货真价实的喜怒哀乐。换言之,游戏是一种道德感被削弱的现实。是人性最简洁的缩影。会让人有一种黑客帝国式的感怀。各式各样的角色疲于奔命。理想中的任侠之气得到了最微妙的表达。

我从未想过游戏和现实会有什么交汇。但事实就那么狗血。桃桃从游戏走到现实，成了我爱恋至深的女孩。

是缘于一场副本团队作战。狐魅洞是冷世最精彩却又最惊险的副本。诡谲的音乐染上狐妖的泣诉。空中游荡的幽魂随时夺人性命。我手提寒冰剑，不离桃桃的左右。穿越重重封锁，我们抵达终极 BOSS 的巢穴。巢外惨雾缭绕，骷髅林立。

五人组合，佛门血厚防高，首当其冲。法师和弓手远程输出。刺客高攻高爆，近程攻击。医生负责所有队员血量。分工确定，佛门开启死亡之门。阴寒毒气扑面而来。千年狐妖巨硕无比，妖法超凡。鏖战数十分钟，胜负难料。狐妖突施杀技，佛门惊慌，四处游窜，欲临阵脱逃。后果是我们全军覆没。

可没来由的，佛门竟归罪于桃桃加血不周，谩骂起来。我怒上心头，和他争执。狐魅洞外，我和佛门厮杀。桃桃悄悄劝我，我却怒气难消。桃桃说我给你唱首歌吧。她邀我进入语音软件。歌声响起，清甜而干净的，有玉石的泽华。这是桃桃的光亮第一次照进现实。

每当桃桃唱歌时,室友们都惊羡地大呼小叫。远说好小子,游戏都玩出境界了,能把虚拟世界的妞拽到现实来。

　　桃桃的音质很美。我常常想,网络那头的桃桃是怎样的容貌。但仅仅止于幻想。我们之间有一种小心翼翼的默契,对现实中的彼此不予窥探。我们都怕破坏那种虚幻的美好。

　　桃桃像春天里蹦蹦跳跳的小鹿。游戏里有自动跟随,她会一直懒懒地跟着我刷怪,喋喋不休地向我讲述她正在看的电影剧情。

　　亲密度达到一定数值,系统发来邮件,说我们可以结婚了。我们结个婚玩吧。桃桃说。为什么明知是无根的虚拟,我的心还是莫名的震颤。

　　我特意充了五百块人民币,买了结婚道具。我们在流碧崖的彩虹桥上,完成了婚礼。在我为她戴上戒指时,系统向世界宣布了喜讯。在所有玩家的注视下,我们在那个不存在的时空缔结了幸福。

　　梦都是甜的,我是笑醒的。我突然好羡慕游戏中的那个杀手。他可以与心爱的姑娘相携到老。对桃桃的欢恋,突然像崩塌的大坝,汹涌地闯进现实。我患上了甜蜜的烦忧。

大学时光虽然无味,但到诀别的那一刻,还真是不舍。我们寝室四个男生喝得酩酊大醉,然后大哭着唱周华健的《朋友》。

　　我才意识到,时间是一根绳子,把你拖着拽着往前赶。猛回头,四年的青春已被固定在了标本里。

　　离校前两天,我失落地对桃桃说,我马上就要毕业去上海工作了,以后可能没时间玩游戏了。她说她也马上毕业,不过将回到北方的家乡。我们惊喜地发现,原来我们生活在同一座城市,一直近在咫尺。距离感突然消失,潜伏在内心深处的某种念头便蠢蠢欲动。

　　是的,我们见面了。我们的学校只相隔一辆公交车的首末站。桃桃比照片还要漂亮。她穿淡蓝的雪纺裙子,在广场中央矜持地笑。我们知道,爱情一直生长在虚拟土壤上。游戏中的两个动漫小人物,穿越到现实世界,正温婉地打量着彼此。

　　四年,我们从未谋面。四年,我们形影不离。一年前,我们还结了婚。

　　在那个夜晚,所有的牵念爆发成身体的缠绵。我循着无数次的幻想,在桃桃的肌肤上寻找爱的印痕。她的美好她的皎洁与白雪无异。在霜凝谷的相遇已注定我的疯魔。

在我艰难地稍稍探入桃桃的花心时,她流着泪喊疼。我意识到,桃桃是处女。似乎听到薄膜的撕裂声,溃散了我的欲望。殷红的血顺着我的萎软滴在床单上。

　　桃桃像极了一只滑腻温润的青花瓷。被我肮脏的欲望磨损了一角。还好,只是磨损,不是破碎。她依然完整。

　　我为她擦干血迹,说对不起。她说我愿意的。我们爱了彼此四年,不是吗。我把桃桃搂在怀里。我爱你,所以让你完整。桃桃的眼泪温暖地渗入我的膝理。她睡着了,在轻轻地呓语。流碧崖的那对男孩女孩,一定在彩虹桥做着同样的梦。

　　工作后的时光几乎是飞逝着的。来不及看清时间的纹理,人会在高速运行的时代列车上迅速苍老。我时常想起那个晶莹剔透的夜晚。桃桃的曼妙,桃桃的温度,桃桃的芬芳。

　　如果一切到此为止,或许我将永远珍藏这段回忆。但故事偏还有一个恶俗的尾声。

　　两年后,我在整理电脑硬盘时,突然发现冷世还藏在角落里。毕业后我再没玩过。也许我忘了删除,也许我根本就舍不得删除。

　　一片柔情爬上记忆的触角,身体突然就变成了一块温暖的海绵。我想起了霜凝谷、狐魅洞、流碧崖。我打开游戏,账号密码像我的真名一样清晰。

　　我的寒冰剑已黯淡无光,变成一块钝重的废铁。我的冰蓝麒麟已萎缩成不起眼的小宠物。我是一个没落的英雄,无人记得我的辉煌。曾经的热土变得如此陌生。我悠悠来到彩虹桥,坐在桥心仰望天际的流霞。两只仙鹤盈盈掠过白云,幸福的啼鸣嘲笑我的落寞。

　　我的头顶突然盘旋着一只金色的凤凰,耀眼的火焰滴落在周围。一个女孩从上面跳下,她头上的名字竟然是桃桃,而且已满级。我的心像被谁的手指重重地弹了一下。

　　她的衣服流火铄金,祥云萦绕,真的亮瞎了我的眼。在装备排行榜上名列第二。这身极品装备至少也要花几万块人民币。也许只是个路人甲,名字相同罢了。

　　粉红色的字体亮起。她说你还在上海吗。狂喜和卑怯一起向我袭来。我说是。她说我也在上海呢。她果然是桃桃。

　　我已没有杀怪的能力。她让我坐上她的凤凰,遨游在冷世新开辟的疆界。游戏显示我们的婚姻关系已解除。我觉得这个桃桃我一点儿都不认识。

　　我们约定在周末见面。旧梦有一种强大的魔力,让我想迫切重温。也许桃桃也是。

我紧张而兴奋地在约好的咖啡馆等她。明亮的玻璃映出我的模样。毕业两年了，我还是穿着一身休闲的运动服。发型也懒得换一个。只有每天都必须刮一次的疯长的胡茬儿，提醒我的年轮又多了几圈。

当有人对我说 Hello 的时候，我的心措手不及地打了个趔趄，险些摔碎在光洁的大理石地板上。只见一个穿着印花 A 字超短裙的金发女孩向我走来。她全身三分之二的裸露的肌肤再次亮瞎了我的眼。她摘下墨镜，宝蓝色的指甲闪烁着荧光。一双油亮的黑色铆钉马丁靴，直接像暴戾的纳粹一样屠杀了我预想的小清新画面。

她用时髦的有些嗲嗲的语气和我寒暄。而我像个土鳖似的窝在椅子上，努力对着记忆里那个穿着淡蓝雪纺裙的，清纯而乖巧的女孩求证，这还是你吗？这还是你吗？

在宾馆开房也是我们这次见面的既定内容。桃桃在浴室洗澡。毛玻璃为她的胴体打上马赛克。她堆在床上的衣服散发傲人的香味。我突然很后悔。我是在亵渎珍贵的过往，是在戕害美丽的曾经。

她的手机在迪奥包包里振动。我拿出来，是一个叫阿荣的人打来的。屏幕上闪动着一张照片。桃桃和一个男人靠在跑车前,亲着嘴唇,两双手越过头顶摆成大大的心。

桃桃站在浴室门口,一丝不挂。她的长发飘着氤氲的热气,毫不羞赧地对着我笑。

可是为什么我如此惊悚。我再也忍不住了,仓皇地穿好衣服夺门而出。我不敢回头,那里站着一具爱的遗体。

我的眼睛突然不会聚焦。街景是一团模糊而凌乱的碎片。我无法接受爱的猝死。心像被大雨扑在地上的蝴蝶,虚弱地张翕着残破的翅膀。

疼啊,疼……

逆　袭

那个女人像一只优雅而倨傲的孔雀，穿过这群雄性动物高黏度的目光。留给他们一鼻子富丽的芳香。

阿冬的目光依然凝注在她饱满的臀部。细密而柔软的摇摆，轻轻摩擦在他的意识的冠状沟上。似乎有一股快乐的电流从她尖锐的高跟鞋跟逸出，游走在他的四肢百骸。她穿着紧致的短裙，黑色丝袜的蕾丝边若隐若现。像是从她身体最幽秘的深处钻出来的妖冶的蝴蝶。当他看清黑丝上镂空的图案是一朵玫瑰时，女人突然转过了弯。像一个甜蜜的梦突然断了线。他感到微弱的沮丧。清脆的高跟鞋声，和他腹部拥挤的血液，一起消褪在琥珀色的黄昏下。

这是一群守候在地铁出口处的摩托的哥。他们对地铁里钻出来的人群,像看到人民币一样热情地吆喝。这是下班高峰期。但是并没有几个人愿意坐摩的。生活在这个年代这座城市里的人们,对钱有一种小心翼翼的敏感。摩的是一种准奢侈的交通工具。他们的钱包需要足够的肥胖,来应付这个万税的世界。

中国的男女比例是 117:100,也就说中国将有 2000多万个可怜的光棍汉,只能望女兴叹。说这话的是新婚不久的小张。他的脸上正泛滥着一股凌人的优越感。是的,他已胜利地从那 2000 万大军中逃亡出来,完成了人生第一次华丽的逆袭。

闲着的时候,这群的哥的聊天像一场热闹的座谈会。从奥巴马因和英拉调情,而被米歇尔赶到沙发上睡了几晚,到雌螳螂为何一口咬死正在与之交尾的雄螳螂。简直是山寨版的百家讲坛。但他们的话锋都有意无意地向着女人靠拢。女人这两个字像暮色里闪烁的霓虹,给他们一种舒服的暖烘烘的时髦感。

阿冬正是那水深火热的 2000 万可怜虫之一。二十二岁的他,每天携带着健在的初吻穿行在城市的脉络里。翻滚在身体内的荷尔蒙像慢火一样煎熬着他。处男在他看来是个带有侮辱性的标签。他已经不止一次地受着这群的哥的奚落。

一个客人坐上了小张的摩托。小张启动摩托时总是把声音弄得很响,令阿冬很反感。这是个缺乏存在感的家伙。他想。

他的视线开始扫描来来去去的女人。这座城市的女人有种天然的自信和优雅。款步在街上是一道亮丽的风景。她们柔美的曲线按摩着他的眼球,并缠绕住他的快乐中枢。

女人是上帝赐予男人的礼物。他认为。但又有微许的伤感。他等了二十二年,上帝还没有给他发货。这么多精美的尤物穿梭在他的时空里,他却只能像观摩橱窗里的奢侈品一样渴慕着。

一个二十七八岁的年轻男人站在这群的哥面前。他梳着一条马尾辫,提着一个女式包,目光扫了两圈,最后定格在阿冬身上。就是这样,有时他得像应召女郎一样接受客人的挑拣。男人上了车,举手投足中有种怪异的阴柔。

去长青路上的速8酒店。男人的声音中性,身上有股清甜的香气。在阿冬的印象里,这应该是粉红色小女孩的气味。后座上的这个人,和世界在他头脑中规则的成像,有一种说不清道不明的违和。

华灯初上的城市有一种瓷器般的美,敏感而细腻。夜色安详地轻覆住疲惫的大地。一天剧烈的新陈代谢告一段落,一股巨大的静的力量使得世间所有的喧嚣变得喑哑。移动在城市枝桠里的车辆、行人像一个个故事的载体,月光为它们涂上了一层纯美的调调。迎着晚风的呼吸是一种情调的享受。如果没有赶上汽车尾气的话。

阿冬和他这帮平庸的的哥兄弟们只有十分之一的差别。就是他感觉这个世界的触角特别灵敏。他能发现藏在城市角落里的一首诗。这使他的心中经常充盈一种静谧而自豪的幸福。

长青路是阿冬比较喜欢的一条街。这是真正经过现代潮流抛光过的街。淹没在它的光影里,他的身体里攒动着一股热烈的鼓舞。他觉得自己像一位时尚达人一样钻进了城市豪华的最核心。虽然他连这条街里的一块砖也买不起。

他现在经过热闹的时代广场。广场的边缘围起来一圈地摊梦。摊主大部分是年轻人。摆满了稀奇古怪的小玩意。和这一代年轻人的生活际遇极其相似,像一碗漂着烂菜叶的大杂烩。有的卖黄瓜,招牌写着不只可以拿来吃。有的卖双卡双待并附赠专用电池的山寨苹果。有的打着怀旧旗号卖曾在90年代炙手可热的颜色小说。

阿冬对两种女孩有一种特别的莫名的怜爱。一种是独自在地摊前仔细挑选衣服的女孩,一种是独自在路边的小饭摊默默吃饭的女孩。果然在一个衣摊前,他看到了这样的女孩。长发利落地披在腰际。纤细的身影惹出他满心温暖的情愫。

但也有两种女孩令他反感。一种是围在臭豆腐摊前等待这种恶心的食物,一种是好几天都不洗的油腻的长发。

但始终是浏览。没有女人可以让他深刻地阅读。他不知道女人的手有多软,不知道女人的胸脯有多暖。他隔着一层坚硬的屏障,幻想着女人迷魂的罂粟香。

他确实闻到了一股极其浓烈的芳香。他看到前面有一个高挑的女人,高跟鞋清脆地敲在夜路上。晚风撩起她的长发和短裙,一种香艳的风情点燃了他。越来越近,血液向着他的某根末端器官猛烈的潮涌。他故意偏了一下摩托车,看清女人的裙底是一条玫红豹纹内裤。他像中了五百万彩票般兴奋不已。女人漂亮的侧脸终于一闪而过,像结束了一场美妙的床戏。

但那股浓香依然充盈他的鼻息。在他的那根器官还没彻底被地球引力招安时，突然被后面一只诡异的手握住了。他吓了一跳，摩托歪歪扭扭险些没翻倒。愤怒地停了车，他一把推下后座上的乘客，正要发作，却吃了一惊。原来的年轻男人，现在披头散发，眉毛细而长，油黑而浓密的睫毛，猩红的嘴唇微微颤抖。一种讨饶似的娇媚的委屈，穿透炫亮的美瞳流溢出来。

阿冬彻底晕了头。站在他眼前的，明明是一个女人。还是美女。如果不是乘客身上的男士衣裤和掉在地上的女式包，他几乎认为发生了大变活人的灵异事件。

乘客阴阳怪气地说了声讨厌，蹲下来收拾东西。阿冬看到有化妆镜，梳子，眉笔，香水，还有一瓶杜蕾斯润滑液。

你是男是女？

我喜欢男人。

你是女人？

我多么希望我是女人。乘客悠悠地叹了口气。

你是男人？

你长得挺帅，我真有点儿喜欢你。年轻男人的脸上竟露出少女怀春似的羞涩。

阿冬扶着摩托车干呕了几下。伸手说，给钱。

今晚我把自己送给你。怎么样,小哥。

你变态啊,给钱。阿冬终于呕了出来。他才发现,能使自己呕吐的,原来不止臭豆腐。

凭什么骂人啊,我是真心的。把我送到速8酒店才付钱。

阿冬无奈,只好答应了。只不过严禁他再碰他。他们在摩托车的座椅上留下一人的空隙,阿冬才启动摩托。

见他没有动静,阿冬才放心地说。我不是歧视你。只是可惜你不懂女人的好。女人是柔情的水做的骨肉,而男人是一团又脏又臭的烂泥巴。

后面默不作声。阿冬继续说。女人是情感动物,所以女人搞拉拉,我特别理解,她们在同类的身上寻找情感慰藉。而男人,呵呵,我实在搞不懂两具身体里的极具攻击性的雄性激素是怎样和平相处的。哥们儿,回头是岸。你是在矮化自己,知道吗?

速8到了。阿冬回头要钱时,发现男人在垂泪。原来他哭了半路。座椅上滴落着没有风干的眼泪。

我痛恨我父母为什么把我生成男人。我妒忌我老婆是女人而我不是。我恨这颠倒的世界,恨这恶作剧的命运,恨你们这些狭隘卑劣的世人。

男人甩给他一张钞票,愤愤地走向酒店。他似乎没有听到阿冬找你钱的呼喊。阿冬看着他像单薄的幽灵一样遁入了荒凉的古堡。

他叹了一口气。摩托开始往回开。城市璀璨的夜景掠过他的瞳孔。他不禁感慨,时代创造了宏大叙事般的物质胜景,也衍生了畸形甚至肮脏的精神怪胎。

这就是阿冬。他悉心呵护着从皮肤毛孔中探出的感知世界的触角。同时,他也像所有普通人一样凡庸的生活着。

他又回到了地铁口的的哥队伍。他们的话题正从阿拉伯比刺客还神秘的蒙面女人,跳跃到 Lady Gaga 雷死人不偿命的奇葩造型哪处又走光了。

但阿冬八成的注意力被斜对面的发廊收缴了。妖媚的灯光捆绑着几个丰姿绰约的女人。他的眼睛有某种透视的功能,似乎已瞄准了她们的罩杯和深浅,在思维的映象上恣意地揉搓。

阿冬正在用目光强暴女人。小张突然笑着说。

其实其他的的哥何尝不是,魂儿早就统统钻进了那个香艳的洞穴,被那一群可爱的妖精吸着精髓。路过的男人没有一个不张望,脖子的角度会扭到 180 度,电线杆提醒他们要买质量好的内裤。

阿冬很想进去，但又舍不得糟蹋第一次。他的童子之身就这样矛盾而幽怨地幸存着。

去最近的速8酒店。一个二十出头的小伙儿上了阿冬的车。他像个活地图一样迅速在大脑中导航了一下，长青路。他的末端器官突然有一种被捏住的感觉，猛地向后缩了一下。

摩托开动。想到离刚才那个男人越来越近，一种阴郁感笼罩了他。远处的路灯像那个男人泛着精光的泪花。

后面的小伙儿拍了他一下。他警惕地放慢了速度。小伙儿说，哥们儿，今天我在微信上钓了个妹子，不，御姐，约定速8酒店见面，今晚的内容，嘿嘿，你懂的。给我三百块，送你了。

阿冬说不要。小伙儿把手机递到前面说，你看，漂亮吧。御姐叫陌陌，听名字都可人。下午刚给女朋友交过公粮，还有点虚，帮个忙吧，兄弟。要不二百块，成交。

阿冬瞥了一眼，确实很漂亮。乍一看还有点眼熟。这次他用了五秒钟的犹豫再次回绝了他。莫名地，他有一种惋惜的伤感。人天生都是背着某种壳的。他想。

经过时代广场时，他看到摊贩们作鸟兽散的奇观。一群威风的城市管理者挥动着手臂，像撩起了一股龙卷风。空旷的广场瞬时惟余一地孤独的月光。他想到了自己曾在一次整顿行动中被罚没的一千块钱。他叹了口气。他是在缝隙中生存的那种人。他与这花花绿绿的时代还是有一层隔膜的。

在快到酒店时阿冬临时改变了主意。如果后座的小伙儿再诱惑他一下，他就接受。这是他人生中所做的一次比较重大的决定。他决定在今晚扔掉身上的壳。他有点兴奋。仿佛那位美丽御姐的呼吸又热又腻地滑在脸上。

但是命运总是爱开玩笑。小伙儿给了车费就迅速步入酒店，没有多说一句。欲望再次被尘封。血流回归匀速。他感到腹部有什么东西在跳。大概是蝌蚪发育成青蛙了吧。他想。

快到地铁口时他被一个迎面而来的女孩叫住。她穿着粉色T恤和牛仔短裙。颀长的美腿令阿冬的唾液指数级地分泌。脚上穿着一双黑色夹趾凉鞋，趾甲上闪烁着银质的光芒。凹凸玲珑的身材，惹起他满脑子飞舞的遐想。

女孩抓着他的衣袖上了摩托。他的身体微震。他早就知道，世界上最好闻的气味是雌性激素。他的每个毛孔贲张着迎接这种营养。没有女人的日子里，他的方刚气血正在极速干涸。

去速8酒店。女孩说。

阿冬有些不相信自己的听觉，又问了一遍。

速8酒店。女孩的语气有些焦急。

阿冬回头看了一眼。女孩的侧脸很精致。她似乎有什么心事，神色颓唐地凝望着路边花坛里一朵凋落的鸢尾。

摩托启动。速8酒店，这个一直以来十分陌生的名字，今晚似乎粘住了他。阿冬认为，他的工作就是用自己的时间补贴别人的时间。有的人为青春花钱，有的人为钱花青春。某种程度上，阿冬总觉得自己是在做赔本买卖。

在摩的界里，有一个心照不宣的潜规则。他们会想方设法隐秘地揩油女乘客，尤其是像后座上这样年轻漂亮的女乘客。阿冬从来不屑于使用这样的诡计，但今晚他想破例一次。流光溢彩的霓虹，高楼房间里微弱的灯光，搭肩情侣的密集脚步，都像一种饱含指向性的邪恶的暗示。他的身体里快速滋长着情欲虫子。

他把车速放得很慢。搭上这个漂亮的女孩让他有一种妙不可言的虚荣感。他妄自解读着路人眼光的含义。一种美妙的假想陶醉了他。他像驾驭着炫酷的哈雷一样，载着女朋友、未婚妻或白雪公主招摇过市。所有少女的憧憬向他箭射而来。他彻底忘了自己的坐骑只是一辆修了又修的二手货。

在望见前面的十字路口时，一个甜蜜的点子蹿进了他的脑子。他开始加速。他的心像马拉松冲刺终点时渴望而兴奋。在离第一条斑马线两米的距离，他猛地刹车。如他所愿，女孩柔软的胸脯紧紧贴着他的后背，长发飘在脖子上。摩托停在最后一条斑马线上。仅仅0.8秒的刹那，却是他有生以来最精彩的异性接触。他的身体几乎快到了痉挛的边缘。

他故意向后说了声没事吧。女孩秀眉深锁地看了她一眼，然后又茫然地看着地面。这是个挺清冷而又有些神经质的女孩子。他想。她的眼眸泛动着一泓明亮的秋水。这也是个心事重重而又楚楚动人的女孩。

阿冬的心里有些过意不去，但并没有放弃第二次侵略的企图。不是每一个十字路口都适合作案。他得保证乘客和行人的安全。

车速很慢，但离目的地越来越近。阿冬有些落寞。到时代广场时，阿冬拐了个弯。这将要绕一段路。

女孩突然说，停。

阿冬慌乱起来。她一定是发现了他的阴谋。他的关于揩油的构想化为冷汗涔涔而下。如果她报警该怎么办。

但女孩只是说，原路返回。

阿冬怔怔看着她。

对，不去了，往回走，你没听到吗。女孩有些气急败坏。

阿冬调头往回开。没走多远，女孩又让他停下。还是去酒店吧。

这个女孩真奇怪。阿冬回头说，到底去哪？

女孩说酒店。看他有一点迟疑，她说车费不会少你。

阿冬有种被愚弄的感觉。他是用生命补贴别人。关于生活的感性的喟叹又在他心头冒起。

阿冬瞅准机会，故伎重演。由于刹车过急，女孩的脸也贴在他的脖子上。预想的柔软之外，他感到脖子上湿漉漉的。然后听到女孩的抽泣。

阿冬又慌乱起来。刚要回头说对不起，就被女孩死死抱住。女孩的哭泣更剧烈。阿冬被她阴晴不定的情绪搞得莫名其妙。女孩灼热的泪水濡湿了他的后背。他看着环在他腰间的女孩的手。白玉般温润而干净的手，精致的宝蓝色的美甲。随着女孩的哽咽微微颤动。

一股同时袭来的悲戚和自豪石化了他。他一动不动地充当女孩的道具。他觉得自己终于像英雄一样为伤心的女人提供了肩膀。他在默祷女孩的悲伤不要醒来。虽然很不舒服，他愿意这样被霸占着。

　　对不起。女孩说。下了车，她递给阿冬五十块钱，转身离去。

　　晚风撩起她的长发，她低着头默默拭泪。阿冬看着她渐行渐远的倩影。心头刚刚建筑起来的价值感轰然坍塌。像一场匆匆的梦。夜色洇开了女孩的眼泪而变得清凉和酸楚。

　　找钱。阿冬才意识到。女孩已拐了弯。今晚遇到的人真奇怪。他自言自语。

　　每个人都随身携带着各自的故事。而他只是故事片段中微不足道的路人甲。他早就习惯了作为命运嫌弃的配角微小地存在着。但今晚他有一种冲动。他突然觉得有些际遇不应该轻易放弃，哪怕在别人的故事里多待上一秒。

　　他开动摩托，临时起意在路边的小卖铺买了包纸巾。他停在女孩的转角四处张望，却并不见女孩的踪迹。就在他准备回归的哥队伍时，远处的高桥上缓缓移上一枚薄影。他一眼就认准了正在抹泪的她。

阿冬把摩托停在桥下走向女孩。被眼前的一幕惊呆了。桥下是缓缓流动的河水，荡漾着碎银般闪耀的月光。女孩脱下凉鞋抛入河中。然后坐在栏杆上，静静地凝望着流水。她的赤裸的双腿投影在河心，缓缓招摇着，像是对世界最后的告别。

阿冬的喉咙粘在了一起。他喊出的小心像沉闷的哑雷。他跑了过去。女孩愤怒地向他嘶吼。不要过来！否则我立刻跳下去！

你下来，我是来找你钱的，你刚才多给了。阿冬把语速放缓。

你走开啊！走开！

你下来，坐在那很危险的。

我的事不用你管，走开！

气氛陷入了僵持。阿冬明白，女孩的生死摇摆于最后一丝犹豫。她烦躁地抓扯着头发。是生念向她内心苦苦哀求。

阿冬的脑细胞从来没有像现在这样活跃。他像个充满感染力的演讲家一样循循善诱。阿冬对自己这项潜在的功能也暗叹不已。

你以为这样就解脱了。不是的，你将甩给亲人更痛的悲哀,和炼狱般漫长的思念。

悲伤是一场迷雾,穿越过,就是坦途。

绝望虽然很痛,但毕竟只是一种感觉。感觉都是暂时的,不要被它所欺骗。

相信我,明天的阳光会更暖,这个世界会微笑着给你拥抱。

阿冬一边说,一边向女孩靠近。女孩的情绪平静下来。她的身体向后倾斜。她盯着阿冬手里铺开的纸巾。

兰花香的纸巾很舒服地擦干了泪痕,她被阿冬抱了下来。

谢谢你,我好多了。真的是被情绪蒙蔽了理智。

阿冬心里落下了一块大石。他还没有想到,这出英雄救美将是他生命中最辉煌的壮举。女孩绰约地站在桥上。他看着她,像是看着一个被他挽救的上帝的杰作。

我送你回家吧。阿冬说出这句话的时候觉得自己无比的 man。

回家?女孩若有所思地望着远逝的河水。她尖尖的下巴又凝结了一滴泪水,然后坠落。我的家算是一个家吗?它简直就是我的地狱。你知道吗?我的……我的……

女孩的面色又凝重起来。你愿意听吗?我没有告诉过任何人。我的父母、朋友都不知道。但是我实在忍不住了。一个人守着这个秘密就像抱着一颗随时都可能爆炸的炸弹。你听吗？

女孩的眼泪有一种庄严的魔力。阿冬点点头，我愿意听。他的手抚顺女孩被风吹乱的秀发。光滑而弹性的手感，像美妙的恋爱。他意识到这点时立即收回了手。他这次真的不是揩油。而女孩也并没有拒绝。

我和我老公结婚快一年了，但是他……他从来都不碰我。我一直以为他有什么隐疾，怎么劝他去医院检查他都不去。后来终于去了，结果正常。我问他为什么像仇人一样躲避着我，得到的答案永远是沉默。我开始怀疑自己。如履薄冰地检讨自己有什么不对，惹他不高兴。想起婚前的甜言蜜语和百般怜爱，恍若隔世。

但终归被我发现了。他竟然……竟然用一个叫陌陌的昵称在微信上勾搭男人。起初难以置信。我装成一个男人和他聊微信。彻底绝望了。他自称是女人，口气比女人还女人。

一天我在他的包里竟然翻出了口红、眉笔、睫毛刷。我像被命运甩了一个重重的巴掌。我的老公不爱女人，他爱的竟然是男人！他娶我完全是一场骗婚。我只是他掩饰龌龊行径的道具！他每天游手好闲地和男人聊天、幽会。花我的钱给男人买礼物。偷用我的化妆品。有一次还特别阴森地对我说，我嫉妒你比我漂亮。

女孩赤裸的脚跟踢着栏杆。他像我供在家里的魔鬼，冷落我，折磨我。而我一直保留着一丝希望，幻想着他幡然醒悟，幻想着他能像一个真正的男人那样给我第一次。但是没用的。我已心如死灰。今天又被我发现他和男人幽会，就在我要去的速8酒店。

阿冬的脑海电光火石般的闪过前两个乘客的模样。那个小伙儿口中的陌陌，原来是……还有他手机中的美女照片，赫然就是那个化妆后的男人。啼笑皆非。同时暗暗庆幸自己没有中招。

今晚我要去做个了结。杀了他，然后自杀。但是我又害怕，害怕看到他和男人鬼混的丑态。那将是我的奇耻大辱。但现在不会了，我想通了。和这种人渣同归于尽不值得。现在的心情好轻松。女孩做了个享受的深呼吸，从包里拿出一个水果刀，用力抛在河里。

女孩的目光柔和而安详。她看向阿冬，脸上突然羞赧如红玫瑰。谢谢你。如果不是你，我一定会做傻事。

阿冬看着她美丽的脸庞，不禁心慌意乱。不用谢，我其实什么也没做，只是……只是来找你钱的。然后他把三十块钱塞进她手里，并转身要走。

阿冬正为这个条件反射的动作懊悔不已。女孩叫住了他。你能再把我送到速8酒店吗？

阿冬有些惊讶。你还要去？

对，我必须去做一个了结。理性的了结。

女孩在小店买了双拖鞋。摩托停在速8酒店前。女孩把钱硬塞给他，说了声再见，转身向酒店走去。阿冬看着她颀长的背影，那句再见回旋在耳蜗，勾起他无限的失落。在这个夜晚，他路过别人的故事，并在故事的高潮点改变了故事的走向。然而终究是客串。这是他摩的从业以来最伤楚的顾影自怜。

阿冬幽幽叹了口气。他仍将继续载着别人的故事，游走在别人人生的区间。用终将逝去的青春换一沓薄薄的粮票。

阿冬启动摩托。最后看一眼女孩，抓紧回味一遍她的肌肤和香气。下一秒，她将退出他的世界，那样轻易却又那样珍贵。然而女孩转过了身。她站在这幢西式建筑的正中央朝他莞尔一笑。然后轻盈盈地飘到他身边。

你能陪我一起去吗。女孩说。不知道为什么，你让我有一种安全感。我需要你的帮助。

阿冬沉浸在一种失而复得的欣喜。尽管他压根没有失,更谈不上得。但他有一种强烈的预感,他的人生轨迹将不再是单线条,将有人肩并肩地和他勾勒同心圆。

女孩找到了微信上的房间号。门并没有反锁。月光倾泻在房间,床上的肉体发出淫亵的光泽。女孩打开灯,很麻利地拍了张照。大声说,大骗子,我们结束了。

床上两个人的狼狈和惊惶之状还没完整地映在大脑皮层,阿冬就被女孩拉出了房间。他发现女孩的手竟然挽在他的胳膊上,惊喜之余无比受用。

十天后的傍晚,阿冬像往常一样,有意无意地听着的哥们的滔滔话题。突然一声清脆而娇婉的阿冬,像给世界按下了暂停键。一群雄性的粗糙的目光定格在一个颀长的女孩身上。她穿一身粉色碎花雪纺连衣裙,和白色细高跟凉鞋,香香的,像是天上掉下来的仙子。

阿冬突然明白,这种女孩才是世界真正的化妆品。所有的哥都幻想着自己座下的铁疙瘩是一匹白马。而当女孩挽住阿冬的手臂时,他确定,他逆袭了。

小　曼

深秋的雨连绵不绝,像一曲冰冷而凄惶的离歌。

他们背对背沉默地坐着。仅仅相隔一米的距离,可在远看来,是他的爱情再难弥合的撕裂。

远,说一句你爱我,我就不走。终于还是她先开口了,声音像从遥远的梦境飘来。

他没有说话,只是眼泪更加汹涌地往下落。他的灵魂早已默念了千遍万遍我爱你,而他却始终开不了口。他的干裂的嘴唇艰难地嗫嚅着什么。头脑里惟余的那几分理智正竭力地劝告他,放她走,放她走,就是放她幸福。

他把滴落在手背上的眼泪拭去,然后转过身望着她。那样美好的面容,打开了记忆的抽屉。他如数家珍地摩挲整整齐齐摆放着的过去。

他和她的相遇没有绮丽，没有壮烈。纯粹是一出清淡的戏剧。

远在一家外资公司做售后客服。他每天的工作就是接电话，接电话。所有客户对公司的不满全都砸在他身上。但他早已对或轻或重的数落甚至人身攻击，产生了免疫。工作已把他的心变成一张功能强大的吸油毡。如果没有谁拂动生活的平滑，人生似乎就能这样一直鸡毛蒜皮到天荒地老。

而破坏者终究来了。那天他接到一个电话。当听出是一个温婉的女孩时，他的硬化的神经突然漾起了舒适的涟漪。他似懂非懂地听她介绍了一通金融市场现状，然后被问到有没有兴趣做黄金投资。他坦白地说他是白领，每月白领的那种。女孩笑了两声，像一股跳跃的山泉流过心间。她说她叫小曼，很礼貌地挂断电话。

这个有意思的小插曲，在一整天的客户的埋怨中格外突兀，搞得他一天都乐滋滋地想笑。

天空飘起雪花。一小朵一小朵温柔地落在手心。南国的冬天不轻易下雪，但一下雪就诗情泛滥。那个叫小曼的女孩的好听的声音，如一支温暖的小曲儿消解了冬的寒冷。

偶尔不经意的瞬间,那个女孩的声音便在脑海中重播一遍。毫无缘由地,他傻傻地笑一下。

而他从没想到还有再次的直播。小曼后来说是电话软件随机拨打的。这种两次拨出同一个号码的概率,比大乐透开出两期相同的号码还要小几万倍。似乎注定了一场爱情的开局。

他要了她的手机号码。他对她的声音上了瘾。她的声线穿过黑暗静默的夜,像轻柔的羽毛落满他的周围。

是的,一个眼神,一抹微笑,一句暖语,都有可能变成宿命的蝴蝶,飞进你的生命,绽放爱的瑰丽。

他在地铁站外的广场上踱步,心中充满甜蜜的忐忑。他约小曼在这里见面。他试图循着她的声线描摹她的形貌。当一个女孩盛开着纯美而明媚的笑容出现时,他知道,就是她了。雪白雪白的毛衣,乌亮乌亮的长发,是那个冬天最美丽的色彩。

小曼走到远身边,把他的头轻轻抱在胸口。像哄一个丢了玩具的伤心的孩子。她开始褪去自己的衣服,然后亲吻他。这也许是我最后能给你的,亲爱的。她说。

她的身体白璧无瑕，但却如此冰冷，像一具雪雕。而他这个颓软的舵手，奏不响她的律动。身体的交融变成一场痛苦的仪式。他无助的泪水落在她的小腹上，像一面镜子，倒映出即将腐烂的美好。

那天他们走进闻名遐迩的绍兴路。像闯入一幅充满情调的老漫画。脚步和时光逆向而行。午后的阳光洒在法国梧桐的虬枝上，溅落一地温暖。细碎而相谐的步调，他们在彼此身上嗅到了一股饱满的默契。

他们拐进一家咖啡厅。淡静的氛围里弥漫着灰黄色的醇香。壁橱里摆设着各种各样的小古董。刻录着这座摩登城市辉煌的流金岁月。

初次见面的交谈一直在一种愉悦的调调中进行。他们聊生活，聊兴趣，聊旅行。远的幽默逗得她呵呵地笑。她的眼睛跳动着欢快的光。

小曼说我很想听听你的理想。远的话锋立刻钝化。理想如死去的情人。曾经多么神圣，如今竟连轮廓也想不起来了。远笑着说，理想被现实招安，生活又像慢性毒药般把它毒死了。

小曼的表情有些严肃，她说理想是个没落的寒酸的词语。可是我们丢失理想的那一刻，生命就已苍老。

远看着这个认真而生动的女孩。也许她是对的。理想在语言中已绝迹好久了，被小曼抖落覆积的尘埃，散出一缕清香。他才醒悟自己曾经也是有理想的。

　　交谈中的这点违和没有阻止爱情的生长。但终归是分离的伏笔。从一开始他就该知道，小曼是不甘平庸的。她的目光中有种隐忍的疼痛。

　　小曼的双腿环绕在他腰上。可他面对溃败的欲望，束手无策。他像漂流在一条寒冷的河中。呼吸比黄连还苦。他只想时间慢一点，再慢一点。我的女孩，在下一刻将消失不见。他把脸贴在她的小腹上。爱情在这里回响碎裂的声音。

　　春花烂漫时，他们打算真的去走走绍兴的路。这座古色古香的典雅小城，活脱脱的一幅江南水墨画。轻缓的城市节奏，摇曳在微醺的风里。乌篷船在碧波中流荡着甘甜的故事。灰瓦白墙倚靠着自信的绿。诗在这里不是一种文体，而是一种心情。上天对这片宝地太过厚爱，每颗石子都散发着青史的墨香。

　　他们穿梭在鲁迅故居的回廊里。偌大的豪宅迅哥要幸福死的。他可以从百草园到三味书屋，而我们却只能从厨房到厕所。远打趣地说。小曼清朗的笑化开了木器的霉味。关于这位文豪的印象变得生动淋漓。

走出故居,壁画上鲁迅手中的烟袋出悠悠的线条。他们和孔乙己来了张合影。远说为什么老孔的长辫子看来是那么卡哇伊。小曼却说我们对历史应该有一点凭吊感的。

向东步行二十分钟,就是沈园。小桥流水,苍翠欲滴。灵魂被染成绿色的,眼睛的尘滓被涤洗干净。气氛是安宁的,绿熄灭了游人们说话的欲望。他们站在一处石壁前,题着陆游的钗头凤。

千百年来,这里吟唱着一首爱的殇曲。小曼的泪水无声流下,怎么也止不住。远突然意识到,这个女孩的心中有片极其脆弱的地方,隐匿在坚强快乐的外表之下。他却不曾发觉。他心疼并惶恐着。

夜里的时候,天空飘起了雨丝。很细很细的那种,清凉得像忧郁。他第一次融化在她的身体里。绵密而轻柔的爱。现在想来,像不太真实的梦。

小曼吻干他的泪水。远,让我们沉沦。他无力地躺在床上。男人健硕的身体被哀伤腐蚀。一轮冬夏春秋,爱情从生到死。短暂却炽烈。

她伏在他的胸膛上。漆黑的长发在肌肤上流动。她的嘴唇像蒲公英般轻飘飘地游走。她的春葱般的手指轻轻撩拨他的软处。他的欲望渐渐坚硬。

她坐在他身上。雪白的后背像剔透的美玉。她的脖颈细而长,十分漂亮。她的长发随着身体而起伏,像一堆跃动在五线谱上的音符。

一个盛夏的夜晚,她带他去溜冰。她穿着白色的 T 恤和短裤。男人们的目光在她裸露的双腿上打转。他骄傲并懊恼着。

他说他不会溜冰。本质上他是个沉敛的人。他恐惧那种双脚离开地球,被滑轮驱赶的感觉。小曼连哄带骗地给他换好鞋子,拉着他滑进溜冰池。音乐劲爆起来,这里的人个个都是狂暴的疯子。滑轮是翅膀,他们在圆形轨道中放肆地狂飙。他想不通小曼为什么会喜欢这种运动。

他扶着栏杆,双腿还是不听话的乱扯。小曼悠悠滑翔了一圈,像只掠水的轻燕。她滑到他身边,狡黠地说,亲爱的,走一个。他害怕地摇摇头,她却一把拉起他。他的凭依现在只有她的一只手。他像只笨拙的绵羊,只能乖乖地被她蹂躏。他无助地盯着这个淘气的女孩,有种眩晕的感觉。这简直是一场死亡游戏。那些极速穿梭的疯子随时可以把他撞得四脚朝天。

十分钟下来,他竟然觉得有些刺激。然后渐渐扩大。快乐加速起来,他想他也可以飞了。他果然在飞。他开始嗔怪小曼为什么不早点教他。小曼生气地哼了一声,松开手像鱼一般溜走了。他才明白自己还是个菜鸟。滑轮失去马达,快乐迅速坠落。他后悔地在人群中寻觅她的身影。调皮的女孩呵,快来救我。突然他被人推了一下,身不由己地打了几个转。那男孩溜到他旁边,不怀好意地笑道,有个美女让我惩罚你的。

小曼的粉拳落在他肩上。坏蛋远,笨蛋远,看你还敢怪我。他紧紧攥住她的手,加速度飞翔起来。感觉再也不能松开她的手了。一辈子。

竟然是他要玩到溜冰场打烊。回家的时候,清风徐徐吹落疲惫。他们坐在路边的长椅上看星星。最明亮的那颗在遥远的北极。

小曼靠在他的肩膀上,毫无预兆地哭泣。他突然觉得一点也不了解她。她的心中有块隐秘的地方,是他们之间的裂缝。

他吻着她的头发。丫头,你怎么了。小曼把头埋在他的胸膛。远,我好怕,怕我会失去你。他说怎么会,我不会放开你的。她说你知道吗?我有颗不甘的心。我拼命地向上游动,却发现所有的通道固化,壅塞,到处是潜规则,到处是肮脏的交易。远,我好累,我的心让我筋疲力尽,却又不甘放弃。我怕有一天我会向现实屈服,然后失去你。

远呆呆地望着夜空,感到一种令人惊悚的危机感。他和小曼之间的隔膜忽然被挑明了。是的,他平庸,寡淡,安于凡俗的市井生活。而小曼,一直是奋力的攀登者。

远把她的左脚放到肩上,亲吻她皎洁的脚背。他想要她的一切,却无法将她捆缚。她是一只翠鸟,美丽、自由、锋利。味道最甜的那一刻,乳白色的快乐奔涌而出。他离开她的身体,爱情的葬礼结束。

他对她如此沉溺。有三天突然见不到她的身影,打不通她的电话,他的世界凌乱得就像垃圾桶。他在清晨早早地蹲守在小曼的公司门前。豪华的金融大厦傲慢地俯瞰他的卑微。脚边的蚂蚁扛着一粒面包屑缓慢地移动。他觉得他很像这只蚂蚁。只是本能地生存着,没有意义可寻。

小曼从一辆轿车里下来。她对司机,一个中年男子,抛了个柔媚的笑。心疼地抽搐,他像只发疯的野兽跑向她,狠狠打了她两个耳光。然后狼狈地遁走。

他在酒吧里钻了一天,烂醉如泥。一个上身只穿着黑色蕾丝文胸的女人向他靠近。刺眼的浓妆,刺鼻的香水,她悠悠坐在他的腿上。他对这种挑逗油然而生憎恶。他抓住她的头发,把一瓶伏特加倒在她的脸上。她发出惊恐的尖叫,脸像一堆杂乱的颜料。他狂浪地大笑。他被保安扔在门外。城市的霓虹是诡异的画皮。他仰望天空,最亮的那颗星在北极。

消沉了一个星期,生活还将继续。他得重新恢复成一块强大的吸油毡。但他时不时会不自禁地叹息,灵魂深处最虚弱的叹息。

这次下班回家,小曼突然出现在他的房间。她有他住处的钥匙。

欲望泄尽,身体里回荡着无尽的空虚,他背对着她侧躺。小曼取下钥匙放在桌上。她说他叫苏,比我大十五岁,是个敦厚儒雅的老男人。我办成的黄金业务全是他买的。我无法拒绝他。我终究还是向现实屈服了。对不起。

他依旧不发一语。他知道,只要一句我爱你,或许就可以挽留她。但是,他无权这样做。

远,再见。小曼伫立了最后三秒钟,然后转身离开。

说了再见,再也不见。门关上的那一刻,爱情已剧终。

他急忙跑到窗前。小曼在街道上掩面奔跑。深秋的雨把城市染成青黛色,像一块巨大的霉菌。再见,我的爱人,你一定要幸福。

好像过去了很久很久,他偶然在网络上看到小曼的照片。她的身体已发福,但还是很漂亮。她抱着一个孩子,满脸幸福的笑容。小男孩长得和她很像,乌如点漆的小眼睛充满好奇。他的心涌过一股甜甜的暖流。放开她,终究是对的。人生有其独特的定势,让你在适当的时候哭,适当的时候笑。

与此同时,苏为母子俩做好晚餐。他用心为他们营造温馨和安全。他没有告诉她他没有生育能力。他用了一段时间说服自己原谅她。她是那样美好,那样明媚。而他只是一个敦厚的甚至有些傻的老男人。

女　神

　　抽完一根娇子的时间,可以干很多事儿。可以向仰慕的女神完成一场蹩脚的告白,可以读几首泰戈尔矫情的小诗,可以让蜗牛在地球仪上从夏威夷火山爬到古罗马斗兽场。当然,也可以做五分之二场痴缠的爱。而清,用来完成一场镇定却绝望的告别。

　　从窗台望下去,刚好可以看到袁的侧影。这将是她最后出现在这间办公室。她正凝望着桌上的一盆四季海棠。娇艳欲滴的花瓣盛放在永无止境的花期。但谁都无法否认,袁的美丽让海棠瞬间喑哑。已经 28 岁的袁,是静止在岁月里的一朵风姿卓绝的莲。时间对万物进行着无情的睥睨和雕刻,却独独绕过袁完美的曲线,像一瓶香水,愈增其芬芳馥郁。

是的,袁让时间自卑。

所以,袁不是尤物,是妖精。是魔鬼中的天使,赐你鸩毒又为你疗伤。

这株海棠是一个见证者。全程目睹了这段畸恋的发生、纠缠和破碎。关于袁和清。

袁的被迫离职是清的杰作。清现在拿烟的手势有些轻蔑。薄荷味的烟雾在肺叶里流转。他是一个失败的胜利者。他的代价就是和爱人彻底决裂,并且,永不相见。

袁是清的中国史老师。老师这个标签附着在袁身上,有一种饱含禁忌性的黑色快感。袁的美艳太容易融化某些界限,使人越入雷池。

袁曾经是学校的焦点人物。几乎没人不知道,历史系有位保护级的美女。她开着一辆猩红的宝马 3 系,像一团妖娆的火焰灼烧在校园里。她是在搜刮目光和回头率。而冷酷的墨镜,紧致的黑色礼服之下,遮掩的不是芳华,清最清楚,是滚烫的情欲。

大学的第一堂历史课之前,清和所有初出茅庐的少年一样,怀着洁白的憧憬,像一枚空白的超大容量的优盘,准备吸储知识。知识是一种神圣的信仰。它能把他们变成新闻报刊中所赞颂的那种成功人士。

清坐在最后一排,正琢磨着一些关于历史的小纠结。他早有耳闻,这堂课的袁老师是国内某一流大学的硕士。她老公是当地一个小有名气的企业主。而最主要的光环,是她的倾城美色。但清觉得这毫无关系。他对女人的概念还很朦胧,仅止于她们衣服外面的玲珑的轮廓。

当袁纤长的美腿踏上讲台时,他的思维顿时卡了带。她像一只优雅的鹤轻轻倚着讲桌,娴静地打开 PPT,脸上一抹浅而甜的笑容。酒红色卷曲的长发柔柔地披在肩上。修长的臂膊,白玉般皎洁的手指,还有雪白的脖子上挂着的一颗精致的心形玉。她的薄透的黑丝,似乎充满了黏性,对落在上面的目光极尽绞杀。一双豹纹玛丽珍高跟鞋,温柔地踩碎了清的理智。

那种惊鸿一见的印象如此深刻,像是镶在记忆里的永不褪色的照片。这是清认为今生最大的惊喜,没有之一。也就是从那一天起,他的雄性荷尔蒙暴沸式分泌。蛰伏在身体内的关于女人的渴望,像被破译的密码,熊熊地炮烙着他。

袁的声线明丽而婉转,像一种舒适的触摸。她的目光不轻不重地在教室里流转,在哪一个坐标多停留一秒,都是种幸福。清没有记住一句讲课内容,但感觉到她竟还有三分幽默。清的感官处于麻木状态,他在忙于接收和刻录袁的风采。

第一次中国史课就这样结束了。袁小心地走下讲台,缓缓离开教室。他醒了,像一个追不回来的梦。袁留在黑板上几个漂亮的字,如她本人的婀娜和潇洒。写着:作业——我的历史观。

我的历史观。这正是清在课前琢磨的事儿。宿舍楼道里关于袁的话题很拥挤。整个历史系的新生都在反刍袁的余香。她像一阵甘甜的风,香艳了少年的梦,沤湿了燥热的夜。

在袁的课上,出勤率超过百分之百。因为经常有慕名而来的参观者,为了一睹芳容。历史就是时间的腐殖质,有一股阴郁的陈旧气。但是袁的课毫不枯燥。她的历史学还是很有造诣的。她的某些观点一针见血,不落窠臼。

清真正进入袁的视线,是在一个月后,关于那篇作业,我的历史观。一天,很莫名地,学习委员通知他去袁的办公室。

清把思绪的花边整理干净,试图在头脑中构建一种纯粹的师生之情。袁几乎满足了少男对女性的所有幻想。不止一次地,他在梦里、幻想里摩挲袁的肌肤,呼吸袁的温度。清认为,这样甜蜜且顽固的秘密,如果渗入现实,是猥琐而危险的。

他在敲门前又裁剪了一下注意力。袁说请进。很好听的声音。

办公室里有股淡雅的香气。清猛然看到办公桌下袁的裸露的长腿,刚刚筑好的心理堤坝顷刻坍塌。清竭力压制潮涌上来的紧张和兴奋。他注意到桌上放着一盆秀美的海棠花。嫣红的花瓣像极了电影里女人的烈焰朱唇。

你在作业里说你后悔选择了历史专业,我想确认一下,是不是笔误。袁说。

清平静下来,庆幸她没有发现刚才的失态。他不敢看她,他把目光集中在一枚海棠花的蕊心。嗯——我确实有点后悔。

这是我从业以来的第一个下马威,是不是对我的课不满意?

不,不。就像作业里说的,开学前我把整个中国史浏览了一遍,发现中国历史就像一个无限循环的单调数列。

比如,周之后七雄争霸,汉之后三国逐鹿,晋后又南北朝分庭,唐后五代十国,直至清后军阀混战。分分合合,合合分分,几千年漫长的历史喧嚣,其实只是同一个片段的无限重演。所以我很沮丧,很不甘,我的大学四年,将会腐蚀在这样乏味的肥皂剧中。

袁温柔地笑了一声。历史的宏观表现确实如此。可是历史的本质是人性的交锋。如果你不只是把历史当作干瘪的故事,而是深入地对等地观赏人性的游走,那么,你就不会觉得单调。所有的历史人物,像你,像我一样,有欢笑,有眼泪,被触犯了会生气,爱人离别会伤感,当然,也会迅速拍死吸自己血的蚊子。说着袁拍死了落在她手臂上的一只道具般的蚊子。

清忍俊不禁。他看到袁穿着玫红色的连身短裙,深 V 的领口隐隐有一条纵深的沟。他忙移开视线。

学习历史就是学习为人处事。相信我,毕业时,你一定会庆幸。你的专业会让你更加成熟和稳健,会为你的人生积攒起宝贵的势能。你还沮丧吗?

清说不会了。他的心中充溢着一股暖流。这位遥远的高贵的女神,原来是如此亲切。

我很欣赏你。袁拍了拍桌上一沓厚厚的作业,说,你很诚实,不像其他同学,只是在网上 CtrlC + CtrlV 地敷衍我。做我的课代表吧。

课代表?清有些吃惊,因为他听说,大学里是没有这种职务的。

对,从中国古代前期史一直到中国现当代史两年的课程,做我的课代表。

清看到袁前倾着上身,脸上有一种撒娇般的求恳。她的手指轻轻捋着垂在胸前的头发。他答应了。袁的眼睛顿时迸发出明亮的光点。她愉悦地说了声谢谢。清离开时,发现袁脸上挂着一抹暧昧的赧红。

那种温暖的感觉舒服了清好几天。像有一粒冰糖缓缓溶解在意识流。而袁的那抹赧红,像一个妙不可言的信号闪烁在他们的关系中。清开始喜欢照镜子,开始讲究发型和着装,开始把胡子剃得干干净净,开始用清爽的控油洗面奶。一种像是从云端飘下来的斑斓的绮念,驱动着他停留在每个窈窕女孩身上的目光,多了三秒,重了五克。

清当课代表的消息引发了一场小小的骚动。老生们说,袁以前从来没有指定过课代表。同学们看他的眼神中有一层淡淡的遐想。

一天在袁的课前,清习惯性地坐在最后一排。这样的位置让他有一种自由感。一个女孩突然靠近来说,嘿,你就是新任的历史课代表。

原来是凌,班上的学习委员。清看着她嗔怪似的表情,莞尔一笑。

你可是抢了我的生意了。她和清隔一个位置坐下。

清抱歉地耸了耸肩,说,我也不想的。

当袁踏上讲台时,清的心还是灼热了一下。她穿了一身粉色雪纺T恤和彩色印花包臀裙。上袁的课,有一种观摩超级模特时装秀的感觉。她的着装永远那么妩媚,但不做作。她在人群中寻找着什么。当看到清时,她笑了一下。这令清受宠若惊。

袁讲课很有语言魅力。但只有女生认真记着笔记。袁美妙的曲线对男生是一种障碍。像一块磁铁,摇摆着清的思绪。她踮起脚尖在黑板上书写。饱满的翘臀一览无余。还有一抹雪白的小蛮腰。清的血液循环变得湍急。思考元谋人和蓝田人哪个历史更久,远没有猜想袁的裙底隐藏着什么秘密更令人快乐。

当清意识到裤子被坚硬地顶起时,他吓了一跳,连忙遮掩起来。他看到旁边的凌正在仔细听讲,暗暗松了一口气。

他不敢再看袁。那种炽热的凝视像是犯罪。但眼睛总是在松懈的间隙又瞄在袁身上。她是如此迷人。性感这个词对清还太重口，会摧毁他刚刚成长起来的道德堡垒。

下课后袁向清走来，弯下身说明天上午到我办公室。就在这两秒钟，袁的长发抚在了清的脖子和手臂上。一股柔软而酥痒的快感令他微微一震。袁的身上有一种好闻的芬芳。她的侧脸像熟透的水蜜桃，娇美红润让他十分想亲上一口。在他思维的麻木感还没有完全消失之前，袁轻摇着臀部缓缓走下阶梯教室。

清感觉到一双炯亮的眼睛正盯着自己。一回头，就看到凌，她的表情像是一种惊讶的敌意。清的脸红了。

在餐厅门前清撞到了人，说完对不起才发现是凌。她已经解开了上课时的马尾辫。在微风中，她的长发柔柔的像蓬开的棉花糖。生动而纯白的脸庞看起来还挺漂亮。

你也去吃饭啊，一起吧。凌笑着说。

清礼貌地点点头。他点了一份烧茄子和红烧肉，找了个位置坐下。不一会儿凌也过来了。他看到凌的餐盘里的菜竟和自己一样。

咦,太巧了吧。凌的脸上有种不合时宜的笑。你也爱吃烧茄子和红烧肉啊?

清说,还行吧。

啊,我想起来了,我要减肥的。红烧肉都给你吧。

清还没反应过来,她就把盘子里的肉全拔给了他。清无奈,说了声谢谢低头吃饭。他觉得这是个话特多的女孩。

他们走出餐厅。凌说,你晚上去图书馆吗?听说你的古文很好,我刚好有几个语法弄不明白,能帮帮我吗?

清不知道她从哪里听来他古文很好。他委婉拒绝了她。她的脸上闪过一丝淡淡的失落,然后转身离开。清今晚需要好好静下来,过滤掉身体内孳生的情欲虫子。他希望明天见到袁时,思绪能够没有半星儿杂质。

进去的时候袁正在为海棠浇水。她示意清坐下。她今天梳了个双马尾,俏皮地垂在胸前。漂亮的女人总是能驾驭任何发型。清还是有些不自在。袁投在大脑皮层的视像立即和已往幻想的画面发生干涉,令他心潮暗涌。他突然觉得房间如此狭小,竟无法安放自己的目光。

袁说这学期我要申请一个课题研究,关于中国古代民主思想。从今天起,你负责帮我查阅和搜集文献。

清点点头,接过她手里的资料。

袁又递给他一把钥匙。以后如果你方便,可以随时来办公室。如果申请成功,老师一定会报答你。

袁的语气很干净。但报答二字投在清心底的涟漪,却很轻佻。

袁把笔记本电脑放在清面前,俯身教他怎样检索数据库。袁身上那种好闻的气息像绳索捆缚了他。那种香是开在沃野里的罂粟,使人沉醉,使人上瘾。他像饥渴的孩子般偷偷贪婪地汲取。朝思暮想的女神如此接近,她的鲜艳的嘴唇,离自己只有十公分。可厌的十公分!

袁纤长的手指敲在键盘上。清看到她十颗指甲上饱满的半月痕。听人说过,这代表丰盈的血气和欲望。袁的身体和他微微相触,有种灯芯绒般舒适的柔软。

袁让清自己操作时,双肘干脆支在了桌子上。这样的角度,美好的春光泄露无余。清的目光溜进去时,她似浑然不觉。

回去后清为自己的卑鄙而懊悔。他丝毫没有怀疑袁有着自己的寓意。他的腹部梗阻着一团热血。安静的午后,他躲在卫生间里恣意地抚弄自己。然后慢慢下沉,沮丧。他突然觉得自己是一只恋上了火焰的蛾,迟早灰飞烟灭。

美好的时光总是流逝得很轻易。转眼到了期末。海量的文献大大开拓了清的眼界。他已蜕去了刚进校园时的青涩和懵懂。性格里糅进了些许的活络和跳脱。他现在可以非常云淡风轻地直面袁的美貌。他在幻想和现实之间找到了平衡。唯其如此,他和袁的关系发着低烧,保持在十分微妙的亚健康状态。

袁有时候令他疑惑。这个比他大十岁的成熟少妇,会十分孩子气地问他新买的衣服好不好看。得到他的赞赏后,她会欢快地哼起小歌,娴雅地跳一段爵士舞。

她也有时候会静静地趴在窗台上,下巴放在手臂上,呆呆地望着窗外的绿地。十分忧伤的姿势。竟没有听到清的求教。当她坐下时,睫毛湿湿的。像个迷路的小女孩,眼睛里弥漫着无助,惹人爱怜。

袁和清根据整理的文献,做好了课题研究申请书并提交给了学院。她感激地说辛苦了,接下来你要专心准备期末考试。

清望着她温柔的眼神,暗想,说好的报答呢?

此时在清看来,大学是一个唯美的微生态。没有太多的利益交集,人与人之间的关系简单、透明。这样的生活挺好。

但清也有小小的烦恼。凌像一颗顽固的杂质尾随着他。对一个喜欢自己的女孩用这样的比喻,清也觉得有些残忍。一个学期下来,凌证明了她是一个感情上的长跑选手。面对清N次的冷落,她依然不舍不弃。

清在去图书馆前,看了看镜中的自己。他有预感,一定会碰到凌。这个念头让他有一种凛冽的不安全感。

果然在图书馆的过道上,他受到了惊吓。凌和几个女生迎面走来。清急忙拐进电子阅览室,找了个隐蔽的角落躲起来。

你也在啊,我刚好也要来这里。凌看着已经暴露的猎物,脸上开出了烂漫而得意的笑。

刚好刚好,又是刚好,借口能不能创新点。清心里嘀咕着。

他很想讨厌她,但不知为何,仇恨度总是差那么一点点。他看了一眼旁边的凌,有股子纯真的可爱。甚至,还很漂亮。

天突然下起雨来。越下越大。阅览室打烊了,清发现凌不知什么时候已经走了。很多人像他一样没带伞,徘徊在图书馆大厅。

雨珠落在地上,是上帝摔碎的心事。他长长叹了口气。凌的不告而别使他有种莫名的失落。像从他优越感的天平上撤下了一只砝码。这种滋味持久并令他生气。他望着自己在玻璃墙中的倒影,心想自己到底是哪种人。曾无视过凌多少次善意的靠拢,而被仅仅一回的抛弃,就如此黯然神伤。

他有些佩服凌的执著。并把凌置于意识的中央细细地打量。这是第一次。他突然觉得袁的美貌影响了他的视觉范围。男人的胸怀理应广袤如原野的。

倒影前出现了一把伞。是凌递过来的。他看到她被雨水粘在一起的长发和淋湿的衣服。一股温暖的感动托起了他。原来这个傻傻的女孩是去给自己拿伞了。此时他很想把她拥入怀里,吻干她脸上的水珠。

是的,凌硬生生地撬开他的心门,并占领了一小块空间。这个期末,凌没有离开过他眼睛的余光。

假期还没结束,清就迫不及待地返回学校。像有一根线系在他的神经中枢,把他从千里之外拉了回来。春节的繁闹还在街道上延续,而校园是一片肃杀的沉寂。只在图书馆的一间自修室里，才能找到几个隐居于此，彻夜备战考研的怪兽。

不知不觉来到了袁的办公室。他确定那根线的另一个端点就在这里。闭上眼睛，袁身上那种熟悉的香味像潮水拍打着他。海棠花的绚烂和寒冬的萧瑟只有一窗之隔。看起来像种不太着调的揶揄。盆土是湿润的，看来袁最近来浇过水。

他有意无意地打开袁的抽屉，里面躺着一大家子可爱的布布熊公仔。还有小女生们钟爱的零食、漫画、发卡，和两条漂亮的小丝巾。他握着丝巾放在唇边，袁的气息越来越浓，像吻在她洁白而细长的脖子上。他木木地盯着海棠，想到一个十分可笑的比喻。这朵花，就如武则天手下的上官婉儿。纵然才貌双全，在其主子面前也不禁失色。清为这个不恰当的段子傻傻地笑了。

门突然开了。花色在瞳孔中的漫溢，让他一下子没看清是谁。但他知道是谁。关于这位朝思暮想的女神，任何一个微弱的启示，比如指甲、发梢、睫毛、口红、坠饰、笑容的弧度、话语的分贝、步履的重量，统统可以让他在万分之一秒把她辨识出来。这种痛苦而甜蜜的特异功能。

他们惊讶地望着彼此。清的姿势似已凝固。鼻前的丝巾成了最大的尴尬。

我是来给海棠浇水的。袁打破了僵局。说完拿着杯子走了出去。

清把丝巾原处放好，在心里抓紧准备台词。

袁小心翼翼地为海棠浇水。这种花四季开放，像是做着一个永远都不会醒的春梦。你知道它还有个别名吗？

清说不知道。袁说，相思红，很好听吧。说完温婉地一笑。

清点点头，心里不禁感慨，相思红，可怜我病入膏肓的单相思。

但是这种花很娇气，养护简直比带小孩还麻烦。袁说。

你有小孩了？清脱口而出，随即为自己的鲁莽而难为情。但是他确实很想知道。

没有，只是个说辞。袁继续说，你回校这么早干什么？

我特别想知道期末成绩，所以就来了。这是清刚刚准备的理由。他在想如果他说因为我想你，会怎样。

袁从柜子里拿出笔记本电脑打开。其他不知道，你的历史成绩，满分。

清有些惊讶，他记得最后几道主观题答得并不是太好。难道这就是袁说的回报？

袁和他一起浏览成绩。袁一贯的姿势，头发拂在他的肩上，呼吸融入他的鼻息。他在最短的距离饕餮她的芬芳。这是种无与伦比的享受。

不错，很优秀，拿奖学金没问题。袁说。

清愉悦地说了声谢谢。

跟老师还客气什么。不过——你刚才在闻我的丝巾？袁的语气云淡风轻。

清没有立即领会袁的意指。像梗在思绪中的措手不及的哑谜。他呆呆地看着她。只有十公分的局促的间隙，他凝注着她美丽的脸。

骤然的沉默横亘于突兀的对视，像某种烈性的催情剂，他的身体里哔哔啵啵地分裂着情欲虫子。袁的脸颊变得嫣红，胸脯不规律地大幅起伏。黏稠的呼吸缠绕在一起，交汇的四目萌动着曼美的柔情。一切，所有一切，似乎都做好了向庸俗情节沦陷的准备。

但是此时，袁突然转身离开了。

清的脖子有些酸了，才回过神来。脑中的哑谜像水中膨开的胖大海塞满了意识。再多一秒，他就将不顾一切地亲吻梦寐的唇。而且不排除更加炽烈的越轨行为。

清的成绩是全班第一名。他的学分积点只比凌多了0.01。如果他的历史成绩低个两三分,凌就完胜。他有些过意不去,一种作弊的感觉。

袁的不冷不热令清很懊恼。他的爱恋赤裸裸地曝光了,她却冷眼旁观。除了布置例行的工作,她几乎不再跟他多说一句话。她把自己小女生般感性和淘气的一面雪藏了,而表现出师长的冷冰冰的威严。

女人是个谜。

凌虽然屈居第二,却为清获得一等奖学金而由衷骄傲。这为她的喜欢又增加了分量。但嘴皮上兀自说,你让我这个学习委员很没面子哎。

凌的单纯和明亮令清很轻松。一天在图书馆,他们的交谈因为一桩历史三角恋而无限延展。他对她的好感像被风吹起的密集而斑斓的肥皂泡。感觉马上就要喜欢上这个女孩了。

袁突然打来电话让他过去。他还意犹未尽,却只得和凌告别。

最后一缕阳光被暮色吞噬。走在校园,他似乎感觉到,凌就站在图书馆的窗前,眷恋地望着他。而前方,是阴晴不定令他苦恼失落的袁,他的女神。他放慢了脚步,觉得面对袁是一种折磨。

办公楼空荡荡的。这正是下班的时间。袁的办公室是漆黑的。他敲了敲门,没人应。

放我鸽子。清嘟囔了一句。可是这算什么,你对我的爱恋放了鸽子,我又能怎样?

清叹了口气,下意识地掏出钥匙打开了门。窗帘已被拉上,房间里没有一丝光亮。他关上门正要开灯,却听到,不要开灯。

着实吓了一跳。声音很小,但他听得出,是袁。袁没有走。在黑暗中,她等着他。

这个女人越来越令他费解。他还没有猜出她的意图,就被她抱住了。他的知觉已分辨不出是惊喜还是惊惶。他不明白为什么她的睫毛湿湿的像刚下过雨。她依偎在他的怀里。他被满满的芳香和柔软包围。她的久违的温度和呼吸重新被他摘取。她似乎在轻轻地啜嚅,你早就想这样了,不是吗?

爱欲的潮水没有想象中的那么汹涌。他们的舌头打成了结,吸吮着彼此甘甜的汁液。清的右手很容易就摸索到她逼仄的花园。他魂牵梦绕的地方。他像一个老手一样让她趴在办公桌上。无数次的幻想早已根植成记忆。他只是循着记忆,拍打出相同的频率。只是没有想到,男女的器官可以弥合地如此默契。

袁的身体是没有缺憾的维纳斯,饱满多汁而遍布完美的黄金分割点。清觉得,那株四季海棠一定悄悄刻录了袁的吟喘。它在黑暗中嘎的绽开一朵花,像一种嘲讽。

他的快感越来越集中,有种山崩地裂的疯狂。当袁的豹纹玛丽珍鞋跟深深嵌在他的大腿里时,黏稠而无助的快乐从他身体里迸射。袁的身体化为一摊酥软的棉花。

他颓然地坐在椅子上,脑子里突然浮现凌的笑脸。一股深深的负疚感刺伤了他。袁自己擦拭干净,有点娇嗔地说,小混蛋,你想让我怀孕啊,快去买避孕药。

清经常望着镜中的自己,变得迷茫而不安。这到底是谁?他觉得离自己越来越远。不是所有愿望的实现都能带来幸福。或者说,有些愿望只适合静静地私藏,永远不要发芽结果。

像打开了潘多拉盒子。快感越来越多,快乐却越来越少。袁的放浪令他始料未及。在宾馆,在她的车里,在校园桥洞边的长椅上,甚至在阶梯教室,他们都做过。

有一天晚上她把他拉到女厕所。她伏在抽水箱上让他做。这狭小而肮脏的空间令他觉得十分变态。突然进来一个女生。就这样屏气凝神地在她身体里静止了五分钟,直到那个女生冲水离开。清为刚才的惊险捏了一把汗,可袁还没有放弃的意思,甚至用命令的口吻让他继续。那次经历很令他羞愤。

袁的身体是一朵有毒的罂粟,他深溺其中。只有纯洁的凌,能给他暂时的超脱。越为袁沉沦,他越喜欢和凌待在一起的感觉。像一种净化。只有这时他才觉得自己是真正意义上的人,而不是发情的动物。

一个女人,一个女孩。肉体和精神的拉扯,他在慢慢分裂。

袁的课题研究申请并没有被评审看好。袁生气地对清说,这么富有意义和前瞻性的课题竟然被他们否决了。这帮老顽固说什么太虚空,脱离实际。更令我恼火的是,他们竟相中了考古专业的什么古代量器的考古学研究。你说可笑不可笑。

想到一个学期的辛苦可能白费,清觉得有些失落。

不过你也不要灰心,我是不会放弃的。袁说。

清点头嗯了一声。

但是,你要答应我,除了我,绝不能亲近别的女孩。袁拉住他的手,眼神充满深意。

清记得对袁用过一个比喻,她是武则天。越来越应验。袁开始插手他的感情,她的霸道有时甚至是歇斯底里的。

凌因为在课堂上和清说了一句话,而被袁厉声呵斥。第二次时竟直接被赶出教室,弄得她这个学习委员毫无颜面。这是袁第一次在课堂上大发雷霆。老生们听说也惊讶不已。但清心里明白,他的周围是真空的她才满意。他感到自尊受到了伤害。

在办公室门口,清听到袁娇笑着说,谁说你老了,你比小帅哥还诱人。他从门缝中看到,袁倚在办公桌上。而她旁边,坐着一个五十岁左右的秃顶男子,正是历史系主任。令他吃惊的是,系主任竟猥琐地在袁臀部捏了一把,而她却晃了晃身子,笑着说你真坏。

清的怒火倏的被点燃。他重重地敲了敲门直接进来。两个人都吓了一跳。但只用了一秒钟,系主任的脸上就装裱了一层厚厚的严肃。这是他教书育人时的招牌表情。袁脸色微红地介绍说,这是我的课代表。

系主任向清点了点头,起身凛然地对袁说你的意见我知道了,我们一定会审慎、公正地评判每一个课题。然后离开。

袁有些不悦,你来干什么?

清说你以后能不能别再挤兑凌了?她很单纯,也很无辜。

她在我的课上交头接耳,是对我极大的不尊重,我当然有权力制止。

不要自欺欺人了。音乐学院的一个男生带了一帮同学来蹭课,弄得几节课闹哄哄的,你都没说话。凌只说了一句话,就冒犯你了?

好吧,我就是讨厌她,非常非常讨厌她。不要以为我只在课堂上看到你们在一起。这个女的,竟敢分食我的男人。

清哭笑不得。我们只是谈论些学习上的事,哪够得上分食这么严重。

那也不行。袁深锁眉头,生气地盯着海棠花。

清突然明白,袁对待感情的态度并不像她的年龄一样成熟。她像一个热恋中的花季少女,盲目地冲动,不可理喻地专制,神经质地敏感。想到这他有一丝高兴,他在高不可攀的女神心里,占据着一定位置。但想到系主任的手,像被浇了一盆冷水。

袁叹了口气,用鞋尖点了点他的腿。好了,我生气,是因为我在乎你。答应我,离别的女孩远点。我承认,我是个容易侧漏的醋坛子。

清点头的瞬间,想到了凌。觉得自己自私极了,甚至猥琐。像已经五十岁的系主任一样,男人在胚胎时期就注定是这副德行。

告诉你个好消息,我们的课题一定会通过。到时我们会得到一笔不菲的经费。来,我教你怎么在网上买发票。

清开始躲避凌。不止一次地,他看到凌无辜地盯着自己,眼神里溢满酸楚。他像一个残忍的刽子手,掐死了刚刚萌芽的纯美的好感。

果然,袁的课题中国古代民主思想研究批了下来。出乎意料的是,袁并不急于布置研究任务,而是每天催促他在网上买发票。有一次清问她为什么。她只神秘地说了句 CtrlC + CtrlV。

后来他才明白,所谓的课题研究只是个圈钱的筐。她用买来的发票报销经费。一天晚上,袁塞给他一个红包,说是辛苦费。厚厚的一沓,整整五千块。

他惶恐不安。他开始怀疑自己在袁心中的角色。备胎,小白脸,性工具?而她已婚、漂亮、多金。正是袁,使他讨厌现在的自己,暴露了他所有丑陋的劣根性。但是他又如此喜欢她、爱她、依赖他,像吃饭像呼吸。

从爱上一个人的那一刻开始,孤独就如影随形。为了避开凌,他不再去图书馆。他一个人跑到偏僻的教室自习。陌生的人、陌生的空气和渐渐陌生的自己。

这次他回宿舍的时候已经深夜十点多了。天空淅淅沥沥地飘着细雨。校园消费了一天少男少女们的青春,开始回归沉静。路过办公楼时,他习惯性地朝袁的办公室望了一下。奇怪的是现在还亮着灯。他心头一热,莫非在等我?他想起来已经快一个月没有和袁亲热了。但再看时,灯已经灭了。他暗笑自己精虫上脑看花了眼。

没走几步,他听到细碎而急促的脚步声。不是高跟鞋,但清瞬间就猜出是袁。他忙躲到暗处,看到袁一边走一边小心地张望。终于停在系主任办公室门前,轻轻敲了敲门。房间是漆黑的,门竟然开了个小缝。袁矫捷地闪进去,门被轻轻合上。

不知过了多久,雨越下越大。他没有发作任何情绪,一口气跑到了教学楼的 15 层楼顶。然后嚎啕大哭。心如死灰,原来一粒粒都是疼痛。

他拨通凌的电话,断断续续地说,凌,15 层楼顶,我的心好痛。

三分钟之后,凌穿着睡衣,拿着两把伞跑过来。一刹那他想起凌图书馆送伞的傻傻的一幕。突然抱紧她,不顾一切的亲吻。风吹落凌手中的伞,在地上打了两个滚。十秒钟之后凌推开了他,你怎么了?

清蹲在地上,抓扯自己的头发。凌捡起地上的伞,一言不发,为他撑起一片晴天。

爱把人退化成野蛮的半兽人。爱的终极目标是占有。清才明白,他试图忽略袁的家庭,试图淡化袁的私事,却只不过是徒劳。他的潜意识时时刻刻都在用放大镜寻找袁的踪迹,又用荒唐的理由来蒙骗自己。袁有丈夫,仅这一点就对他的爱情宣判了死刑。

他在内心拼命地憎恶自己。冷落了凌半个学期,她还是这样关心自己。北半球的雨夜,淋不湿他们同在的圆。

分开时凌垂着头说,如果你再——再亲我,我不会拒绝的。

他深深吻在她的额头。

清和凌因为第二天同时的感冒而感冒。一起发烧吃药的感觉也挺美好。清下定决心给袁发了一条短信：我不再做你的课代表，今天起，你是老师，我是学生。并把袁的号码拉黑。

绝不会风平浪静。清知道。

在决裂之前，袁和清谈过最后一次话。袁恳求不要离开她。并表示还会给他发票报销的钱，而且承诺毕业时为他争取保研。

清笑得有些轻蔑，没有拆穿她和系主任的事。他说我只是你的一颗小小的棋子，扔了我吧。

袁说我是真的喜欢你，喜欢你的清澈和诚实。

清心动了一下，但立刻领悟这是世界上最苍白无力的语言。一个人人爱慕的女神，会喜欢一个一无所有的毛头小子？

当清坚定地要和她划清界限，并决绝地转身而去时，他是否会料想到这个有着女皇性格的女人会做出怎样的极端？

袁禁止清和凌上她的课。同学们议论纷纷。清听到他们说袁变了，憔悴了。

清和凌成了公开的情侣。他们一起去图书馆、吃饭和逛街。他们合拍的身影为校园的春光涂抹甜蜜。

　　一天，像往常一样，他们携手漫步在校园里。突然，凌的身体飞起一个弧度，然后重重的摔在地上。而身后，是一辆宝马和惊恐的袁。

　　凌在医院昏迷了一天。万幸只是骨折和皮外伤。袁的积极赔偿令凌的家属很满意，她反复地说自己不是故意的。但清不信，他恨透了她。他要报复这个蛇蝎女人。

　　清并没有归还袁办公室的钥匙。在一个深夜，他悄悄进去。熟悉的气味扑面而来。他想起和袁第一次的那个夜晚，她湿湿的睫毛和炽热的唇，她的玛丽珍她的半月痕，她的淘气她的可爱，她的霸道她的嚣张。

　　他在隐蔽和恰当的位置装了一枚针孔摄像头。装好的那一刻他的心疼了一下。他明白他还是爱着她的。从见到她的第一眼，他对她的爱慕就成了深嵌在肉里的一根刺。而现在，他必须要为凌讨个说法。

　　他得到了自己想要的，却更加痛苦。拍到的视频里不光有系主任，还有那位音乐学院经常蹭课的男生。欣赏心爱的女人变成公共汽车，把其他男人搭乘到极乐世界，是一种自虐的行为艺术。摇动着的四季海棠，袁的夸张的姿势、狂浪的表情、下流的自渎，深深地鞭答着他。曾经的女神，竟是从未认识的魔头。

清截取了几个高潮片段，为男主角打上马赛克。凌晨两点，他上传到校园 BBS。然后关机，爬上床，头蒙在被子里撕心裂肺地流泪。

第二天，关于袁的舆论炸开了锅。一个陌生号码来电三次，清都没接。他猜到是谁。

袁的丈夫闻讯赶到学校，狠狠打了一顿袁。旁边站着一个年轻的孕妇，指着袁恶毒地咒骂。后来清听说，袁没有落一滴泪，并回敬她丈夫是个忘恩负义的王八蛋，在他创业之初，她是饿着肚子为他四处借钱的。而孕妇是刚刚转正的小三。

清突然明白袁常常落泪，并极少谈及家事的原因。

原来她的放荡，是报复。

呵呵，女人是一种孩子。

袁被终止了教学合同。她以最快的速度和丈夫离了婚。清听说她会离开这座城市，远赴加拿大。她的声名彻底粉碎在他精美而残酷的阴谋之下。

袁还望着四季海棠，手怜惜地轻触了一下花蕊。这将是她留给这座城市唯一的遗产。她今天穿了一身低调的纯白运动服,还是那样自信而楚楚动人。

袁搬起行李箱准备离开,突然朝清的方向望了一眼,并莞尔一笑。清险些打了个趔趄。似乎她早就知道他在那里。她的素颜的笑容那样透明无瑕,完全没有仇恨,如他初见她的那一刻,像一束幽邃的光倾斜进他的生命,并美化了他们的过去。

一眼万年。

袁走出办公楼。她穿过的空间仍然旋转着关于她的唾沫星子。她坐进车里,一如一团猩红的火焰,消失了。

清把烟头捻灭。突然收到一条短信:我真的不是故意的,祝,安好。他信了。

清写了一封信给凌,把事情的脉络和盘托出。学校批准了他休学一年的申请。在与大学交手的第一回合他就败了。校园是一个微生态,但仍飘浮着欲望,交错着无情的食物链。他要厘清的东西太多太多。

清离校的那天,收到一张凌托人转送的粉笺。百合香的纸张上只写着两个字:等你。

图书在版编目(CIP)数据

青春炙/月天清著. —上海:上海三联书店,2015.4
ISBN 978 - 7 - 5426 - 5125 - 9

Ⅰ.①青… Ⅱ.①月… Ⅲ.①长篇小说-中国-当代
Ⅳ.①I247.5

中国版本图书馆 CIP 数据核字(2015)第 054667 号

青春炙

著　者 / 月天清

责任编辑 / 殷亚平
装帧设计 / 徐　徐
监　制 / 李　敏
责任校对 / 张大伟

出版发行 上海三联书店
　　　　　(201199)中国上海市都市路 4855 号 2 座 10 楼
网　址 / www.sjpc1932.com
邮购电话 / 021 - 24175971
印　刷 / 上海叶大印务发展有限公司

版　次 / 2015 年 4 月第 1 版
印　次 / 2015 年 4 月第 1 次印刷
开　本 / 850×1168　1/32
字　数 / 200 千字
印　张 / 8.625
书　号 / ISBN 978 - 7 - 5426 - 5125 - 9/I·1006
定　价 / 38.00 元

敬启读者,如发现本书有印装质量问题,请与印刷厂联系　021-66019858